Spanish
Fiction
Rosas, A.

UNO SE ACOSTUMBRA

Colección Narrativas Oblicuas

UNO SE ACOSTUMBRA

Arnoldo Rosas

© 2011, Arnoldo Rosas
© 2011, Ediciones Oblicuas, S.L.
c/ Guernica nº 6 F, 2º 4ª. 08038 Barcelona
info@edicionesoblicuas.com
www.edicionesoblicuas.com

Primera edición: junio de 2011

Diseño y maquetación: DONDESEA, servicios editoriales
Ilustración de portada: Violeta Begara
Fotografía del autor: Daniela Rosas Olavide
Imprime: Publidisa

ISBN: 978-84-15067-62-7
Depósito legal: SE-3742-2011

A la venta en formato Ebook en: www.todoebook.com
ISBN Ebook: 978-84-15067-63-4

Queda prohibida la reproducción total o parcial de cualquier parte de este libro, incluido el diseño de la cubierta, así como su almacenamiento, transmisión o tratamiento por ningún medio, sea electrónico, mecánico, químico, óptico, de grabación o de fotocopia, sin el permiso previo por escrito de Ediciones Oblicuas, S.L.

Impreso en España – *Printed in Spain*

*A Jesús Rafael, Daniela María y Andrés Ignacio;
en constante renovación.*

Índice

1. ¡Vamos a volar! 13
2. Para cosechar nalgas de catorce quilates 47
3. *Let's Fall in Love* 85
4. Juguemos en el bosque… Lobo, ¿estás? 117
5. Rezo por vos 141

Aspiramos a ser felices, de tal modo que la satisfacción no se separe de la dimensión del sentido. Queremos así amar y ser amados, y no nos bastaría el placer que pueda derivarse de la compañía e interrelación con otros. En esa búsqueda, que constituye como la trama más constante de nuestro existir, razón y sentimiento tienen cada uno su palabra.

En busca de nuestra expresión.
RAFAEL TOMÁS CALDERA.

1. ¡Vamos a volar!

Como a tantas otras cosas en la vida, uno se acostumbra a esto de viajar. (Sólo son unos días, corazón. En un-dos-tres, ya estoy de regreso. Ni siquiera me vas a extrañar). La rutina, hace rato, borró la ansiedad y el interés de los primeros viajes de negocios, cuando todo era nuevo y la ambición estaba a flor de piel. (Si logro la firma, vas a ver el bono que me dan, y cómo lo vamos a disfrutar los dos junticos, cariño). Ahora, el equipaje se prepara casi en automático: los trajes, los mocasines, el pijama, la ropa interior, las camisas, lo esencial para el aseo. (¿No crees que debería llevarme la corbata de rayas rojas, mi amor? Combina muy bien con el traje azul oscuro. Esas medias no, preciosa; tienen el elástico vencido. Mejor éstas. La correa ya está muy gastada, chica; qué irá a pensar esa gente con la que me voy a reunir). Un poco de atención para los pasajes, los documentos, en particular al contrato con sus dos copias. (Como venga sin él firmado, ¡tremendo lío, vidita! ¡Que no se me olvide!). ¡El pasaporte! (Acá está, amor, donde siempre lo guardo. Deja los nervios). Nada de equipos electrónicos: ni laptop, ni teléfono móvil, ni palm que generen más fastidio a la hora del chequeo en los puntos de control. (Te llamo al llegar. Compro una tarjeta, y te llamo ahí mismo, mi cielo. Tan pronto haga aduana, te llamo). Contactar al taxi para reservarlo y partir con tiempo suficiente, no vaya haber algún imprevisto. (Esta gente es seria y puntual, flaquita, pero uno nunca sabe. Es mejor citarlos unos quince minutos antes. Prefiero esperar en el aeropuerto a ir con la angustia de perder el avión). Colar el café para tomarlo en la madrugada y tener lista la ropa con la que me voy y así no dilatarme. (Manías de viejo; tú me comprendes, ¿sí?). Acostarse temprano y activar el despertador son previsiones ya incorporadas al comportamiento… (Hasta mañana, cariño. Que descanses. Te amo).

A la hora convenida, el taxi en la puerta del edificio.

Viajo en el asiento de atrás para evadir conversaciones vanas con el chofer, medio dormir en el camino y verificar, tantas veces como necesite o la inquietud me atormente, que llevo los pasajes, el pasaporte y el contrato: Sepúlveda debe firmarlo sin modificación alguna: hemos invertido mucho tiempo en las discusiones previas.

—¡Ni un cambio más, Martínez! —dejó muy claro el señor Gamboa, mi jefe.

En la terminal, las etapas habituales y las colas para los controles de rigor. Pasaporte y pasaje; pasaporte y pasaje; pasaporte y pasaje… Aunque, siempre, algún detalle rubrica al día: el encuentro insospechado con un viejo amor; un antiguo compañero de trabajo; la presencia glamurosa de una actriz de televisión; la algarabía alegre de la Selección Nacional de Básquet...

Ya empezó la temporada vacacional. Tuve suerte de conseguir cupo. Hay mucha gente en la fila, más de lo común, y se nota que pocos vamos por negocios. Esta familia delante de mí va a Orlando. Papá, mamá y tres hijos adolescentes. Llevan maletas y morrales como para una mudanza. Discuten sobre parques y tiendas a visitar. Se hacen bromas y ríen. Los celos me puyan: si tuviese familia o, al menos, pareja estable, podría combinar estos viajes de trabajo con una actividad recreacional. Le diría a mi esposa, o a mi novia, que se escapara conmigo y, en las noches, no habría este vacío de hoteles estándar, de intrascendentes enlaces de ocasión.

La cola avanza y la familia se enfrenta al jefe de seguridad de la aerolínea, y a esos incómodos procesos inútilmente implantados para disuadir a narcos, terroristas, emigrantes ilegales, que nos hacen sentir tremendamente incursos en crímenes terribles, para después sonreírnos cínicamente un: ¡Gracias por volar con nosotros!

Algo pasa allí delante.

Un no sé qué con la visa de la señora.

Apenas entiendo, pero no podrá viajar.

Un error del consulado americano.

Sexo erróneo, me parece.

Frustración, dudas, argumentos, consultas, fastidio, rabia, pena...

—Usted debe ir, solucionar esto, y volar mañana. No hay otro modo, ¿entiende?

Una agria discusión y, al final, la dama acepta.

Los demás proseguirán el viaje.

Me sorprende.

Hubiera esperado un todos o…

«El problema son los cupos», oigo que dicen.

—Nos vemos mañana en Orlando.

Es mi turno. Ya la escena se olvidó.

—¡Siguiente!

Pasaje y pasaporte.

—¡Siguiente!

Lleno las planillas de salida, y mantengo todo disponible para la próxima represa.

—¡Siguiente!

Paso la inspección, mecánica y personal, de mi cuerpo y del portafolios. Medio me desnudo y vuelvo a vestir, humilde y sumiso, ante la mirada escrutadora de los guardias.

—¡Siguiente!

Los puestos de chequeo de pasaportes.

Un par de sellos.

—¡Siguiente!

Compro en la tienda libre de impuestos los cigarros que consumiré en mi estadía. Un hábito antiguo, absurdo. Cada vez hay menos espacios para disfrutar con calma de un cigarrillo en ese país. Está prohibido en restaurantes, bares, oficinas, edificios públicos… Cada vez hay menos personas que te aceptan a su lado si enciendes uno, y estoy como muy viejo para salir a fumar a escondidas para no ser visto y despreciado. A lo mejor compro un cartón. Regresará casi intacto.

En la tienda de conveniencia busco una revista para leer durante el vuelo. Lo más banal posible. Nada de negocios, finanzas o mercadotecnia. Una de farándula, modas o ejercicios: con muchas fotos y publicidades de artículos lujosos que no compraré jamás.

Me instalo en el cafetín a saborear los últimos cafés decentes de la semana, y a esperar la llamada a embarque.

Mientras llega la primera taza —un marrón bien oscuro, por favor—, releo el contrato.

Definitivo. El episodio inaugural del encuentro debe ser la firma. Antes de cualquier otro tema o de establecer acciones futuras. Si no, la probabilidad de enredarnos en esos asuntos puede conducir a una nueva revisión. Mi jefe, el señor Gamboa, me mata si no lo traigo firmado. Yo mismo me mato si no cierro de una vez por todas.

Para alcanzar un objetivo, es importante visualizar. Verse logrando la meta y celebrándola. El paso inicial al éxito es sentirse exitoso. Vivirlo como un evento concreto. Imaginarse en la ejecución de lo que se desea hacer tras el triunfo obtenido: bebiendo una copa; gastando el dinero; eufórico ante la avalancha de admiradores.

Vi-sua-li-zar. Con la convicción de lo tangible, y no de un sueño. Con pasión, firmeza, vívidamente. Entonces, fuerzas ocultas del universo confluyen y sincronizan engranajes misteriosos que predisponen todo a favor: el poder de la mente en positivo.

—Ésa es la clave, Martínez —siempre adoctrinador el señor Gamboa.

Veo a Sepúlveda. Sostiene el Montblanc entre pulgar e índice. Está ceñudo, pero satisfecho. Parsimonioso, trastabilla los arabescos que son su firma.

Me veo refrendando en el espacio correspondiente y concluyendo la ceremonia con:

—¡Felicitaciones, ahora sí vamos a ganar dinero!

Compartimos una cena en el restaurante de carnes que tanto le gusta y:

—¡Qué bueno es hacer negocios con ustedes! —se le escapa a Sepúlveda.

Veo a mi jefe, el señor Gamboa, que me recibe con un abrazo:

—¡Te la comiste, Martínez!

Veo un cheque a mi nombre con la bonificación asignada.

El primer paso al éxito:

Vi-sua-li-zar.

El dependiente me enfrenta la taza humeante y levanto la vista.

A mi lado están los familiares de la señora del problema. Parece todo normal. Desayunan como si nada hubiera ocurrido, como si siempre se hubiese planteado viajar sin ella.

Quizá no es así. Quizá están con la angustia y pretenden sobrellevar la situación. Quizá esa es la actitud correcta. Pero algo de desprecio y rabia me provoca. Si hubiera sido mi mujer, las vacaciones se habrían ido para el mismísimo diablo. Por nada de este mundo me hubiese quedado tan tranquilo. Estaría con ella de regreso a la ciudad y ya veríamos cómo retomar las vacaciones más adelante. No en vano muero de envidia cada vez que me encuentro por allí con esas parejas de viejitos que comparten sus últimas miserias: un café o un sándwich o una galleta o una taza de té… ¡Para dos! Solidarios tras una vida conjunta, manoseando un cariño incremental en conciencia del poco tiempo remanente, cuando no restan espacios para reclamar, ni perdonar, ni olvidar, ni corregir y apenas el amor sobrevive en los gestos o en las manos asidas. Esa solidaridad es la que hubiese esperado, la que ansío, la que añoro.

—¡No sea tan ingenuo, Martínez! —criticaría mi jefe.

La señora estará camino a la ciudad.

Por lo menos una hora y media más antes de arribar al consulado: el tráfico de la mañana. Hasta las nueve no comienzan a atender al público, tiene tiempo suficiente para llegar.

¿Conseguirá que la reciban?

Con lo de la cita están muy exigentes; y los porteros y el personal de seguridad no son muy comprensivos que digamos.

¿Estará angustiada o conservará la calma de los otros miembros de la familia?

Mejor si se mantiene serena, menos riesgo de una reacción indebida. La inteligencia emocional es básica en estos casos. Debe de ser difícil de transmitir, a través del vidrio de la ventanilla, que ella es «ella», y no «él». ¿Habrá que demostrarlo? Con estos gringos nunca se sabe.

Si mañana su avión se cae, la familia se sentirá culpable. El remordimiento por dejarla sola. Sus hijos... Supongamos: Carlos, Andrés, Ricardo tendrán que invertir muchas horas de sus vidas en psicólogos para superar este trauma.

El menor sí tiene cara de Carlos. Los otros, no sé. No me cuadran con Andrés o Ricardo. Parecen más Alberto y Jaime. El esposo puede ser Humberto o Armando, incluso Gilberto. Economista, seguro es economista, tiene aire de economista. Apellido vasco. El fenotipo es clarísimo. Zubizarreta, apostemos.

A ella, la verdad, no la vi. No la detallé lo suficiente como para nombrarla. Debe de tener uno de esos nombres ambiguos: Eugene, Aireen, Yanvie... No en balde se confundieron los del consulado.

Me gusta Aireen... Suena a marca de producto para el asma, a perfume, a refrescante...

Si mañana su avión se cae, ya puedo escribir el obituario: Ha fallecido trágicamente, Aireen de Zubizarreta. Su amantísimo esposo, Gilberto, y sus inconsolables hijos: Carlos, Alberto, Jaime invitan a una misa por la paz de su alma, etcétera, etcétera, etcétera.

Si mañana su avión se cae, los periodistas harán fiesta en los diarios: «Huérfanos Por Una Visa», «Consulado Americano Deja Sin Madre a Familia Latinoamericana»...

Si hoy nuestro avión se cae, ella quedará sola con el sentimiento extraño de dolor y alegría. Suerte en la mala suerte. No era su turno. Estaba escrito. ¿Quién se muere la víspera? Bendeciría y maldeciría a los del consulado.

Si hoy nuestro avión se cae, nadie se va a enterar de mi muerte por un buen rato. Nadie próximo, me refiero. Mi prima Matilde y Jorge, su marido, puede que se inquieten, a las semanas, por no haberlos llamado para ir al cine. Pensarán que un imprevisto ocurrió y tuve que quedarme por más tiempo; o que empalmé éste con otro de esos viajes de mes y pico que a veces me ocupan. Seguirán sus vidas sin ninguna preocupación al respecto.

Mi jefe, el señor Gamboa, se indignará muchísimo. No por mi muerte en sí, sino por no traer de vuelta, finalmente, este contrato que tanto esfuerzo nos ha costado. De la furia es capaz de despedirme y, entonces, estaré muerto y sin empleo, para colmo de males, que a esta edad y en esta época es dificilísimo conseguir un trabajo decente y, supongo, para un difunto debe de serlo aún más.

Tal vez Sepúlveda se extrañe de que no haya llegado a tiempo a la reunión, o se moleste y mande a Gabriela a llamar a nuestra oficina a quejarse. Seguro llama para quejarse:

—¡Cómo es posible! ¡Con lo complicada que es su agenda! ¡Qué falta de seriedad, señores! ¡Por eso los latinoamericanos tenemos tan mala fama! Por informales, impuntuales, poco confiables... ¡Que un avión se caiga no es excusa, caramba! ¿Cómo que no hay un plan alterno para estos casos? ¡Un negocio así no puede quedar a la suerte de un solo hombre!

Quizá Gabriela sí se afecte un poco. Tendría cierta curiosidad por conocerme. Algún coqueteo hemos tenido por el teléfono. Alguna picardía ha sido mutuamente intercambiada.

En la noche, o en cualquier momento antes de mi retorno, nos encontraremos en un ambiente no laboral: una copa, una sonrisa, un paso más allá, que somos adultos y sin compromisos.

Eso sí lo he visualizado con certeza.

Concluyo el café y procedo a rellenar los formularios de entrada a los Estados Unidos. Es mejor dejarlos listos y relajarme en el vuelo: la revista, la película, un sueñito que buena falta me hace.

Por los altavoces llaman a abordar y, por instinto, cotejo en la pantalla del monitor perpendicular a la mesa;

la palabra «*BOARDING*» titila adjunto al número correspondiente.

Hago señas al aire llamando la atención del que me atiende y pido un último café y la cuenta. Todavía hay tiempo. Continúo rellenando los formularios.

Gilberto, Carlos, Alberto y Jaime sí apuran el paso: pagan de inmediato, toman sus pertenencias desordenadamente y, al trote, van hacia la puerta de embarque. ¿Novatadas? ¿Entusiasmo? ¿Ansiedad?

¿Habrá llegado Aireen al consulado?

¿La llamarán desde el avión para saber de ella e informarle que ya embarcaron?

O, como yo, ¿habrán dejado celulares y equipos electrónicos en casa para reducir el fastidio a la hora de trasponer los puestos de control?

¿Telefonearán al llegar?

En la puerta, otra vez, el chequeo.

Boarding Pass.

Ubicación.

Nueva requisa.

Detector de metales en mano, nos sonríen:

—¡Que tenga buen viaje!

Soy el último en abordar.

La aeromoza comprueba mi billete.

Amaga una sonrisa y me indica la dirección a seguir como si hubiese opción de ruta distinta al pasillo central entre las hileras de asientos.

Las sombrereras están abarrotadas. Si así es de ida, no quiero ni imaginarme cómo estará de colmado el vuelo de regreso, con todas las compras que hará esta gente en

La Florida. Pongo el portafolios debajo de la butaca. Lo prefiero así: tengo mis papeles disponibles, incluso cuando la señal de *SEAT BELT* esté iluminada.

Mi compañero de viaje, un gordote sesentón de suéter gris con rombos naranja, está abstraído en un libro bastante grueso que, gracias al Señor, vaticina lo mantendrá sin hablarme las próximas cuatro horas. A lo mucho, me pedirá permiso para ir al baño. Aunque el hombre tiene edad suficiente como para que su próstata demande, más de lo habitual, la visita al sanitario. Éste es el único inconveniente de sentarse en pasillo; por el resto, es fabuloso: suficiente espacio para estirar las piernas a un costado, y facilita ver la película en los monitores.

El personal de abordo recuenta a los pasajeros en un ir y venir continuo por el corredor. Tres hombres y una mujer de pelo negro profundo.

Triple conteo esta vez.

Finalmente, parece que todo cuadra y se autoriza a cerrar las puertas e iniciar las maniobras de despegue.

Mi compañero de viaje no aparta la vista de su libro. Yo opto por buscar en el maletín una copia del contrato y releerlo.

No hay manera de evitar tener la sensación de que algún detalle se olvidó. Que adolece de un error técnico en la redacción. Que no cubre a cabalidad los puntos discutidos hasta el cansancio. Que no plasma todos los aspectos formales. Miedo tonto, ya las cartas están sobre la mesa. El documento hay que firmarlo y punto; e ir hacia donde realmente queremos: a la ejecución comercial. Ése es el objetivo. No debo perderme en detalles inútiles. Directo al grano:

—Buenos días, señor Sepúlveda; acá tengo el contrato.

Sin chance a nuevas discusiones que hagan perder más tiempo al negocio. Mucha plata involucrada para regresar derrotado o al nivel de inicio.

—Visualizar, Martínez —diría mi jefe, el señor Gamboa.

Entra, con la sonrisa activada desde ya, al ascensor.

Piso siete.

Mira cómo se alumbra el botón del número al apretarlo.

Vive el brusco movimiento de la cabina al elevarse.

Observa cómo va viajando la luz, de dígito en dígito, hasta llegar al *lucky seven*.

Imagina el sacudón, el vacío en la boca del estómago, al detenerse el aparato.

Ten la incertidumbre de si abrirá o no.

Ve las hojas de la puerta cómo se separan paulatinamente.

Percibe, desde dentro del ascensor, el cambio luminoso en el mármol del piso al que has llegado.

Aprecia, en el cristal de la entrada, el nombre de la compañía. Logo y dispositivo claramente impresos con disparos de arena sobre el vidrio de seguridad:

SEPULVEDA INVESTMENTS
SINCE 1969

Camina hasta allí.
Detente, y no dejes de sonreír.

Presiona el intercomunicador.

Identifícate por el micrófono, con voz confiada y jovial.

Abre con firmeza, una vez liberen el sistema de bloqueo, y entra.

Saluda a la recepcionista con aire de triunfador.

—Le están esperando, señor Martínez.

Gabriela viene a recibirte.

(Tiene que estar buenísima. Por supuesto que está buenísima y me tasa velozmente, de arriba abajo, en una ojeada casi imperceptible de conocedora. Esta noche lucharemos entre sábanas por un desquite que tiene meses procesándose).

—El señor Sepúlveda lo espera, señor Martínez.

Un barrigón de traje impecable, corbata a la moda, camisa de rayas azules con monograma en los puños y el bolsillo, te extiende la mano con la sonrisa de un profesional.

—Lo estábamos esperando, Martínez.

Saluda sin apuros.

Estréchale la mano, con aplomo, sin agresiones, afectuoso y firme.

Míralo a los ojos, sin dejar de sonreír.

—¡Siempre risueño, Martínez!

Coloca tu maletín sobre el impecable escritorio de madera brillante.

Ábrelo con tranquilidad.

—Sonriente. ¡Siempre sonriente, Martínez! ¡Por nada de este mundo pierdas la sonrisa!

Saca los dos ejemplares del contrato, y ofréceselos:

—Salgamos de los formalismos para centrarnos en los negocios.

Mira cómo Sepúlveda se alegra:

—Así me gusta, Martínez; directo al grano.

Y ya.

Ve a Sepúlveda estampar su garabatico de firma; y piensa en tu bono y cómo lo gastas en tu cine y las cosas esas que tanto te gustan, Martínez. ¡Facilito!

El señor Gamboa alza las manos hacia los costados: un torero al concluir una gran faena.

—Ésa es la clave: Vi-sua-li-zar.

El avión avanza por la pista y el personal nos detalla los sistemas de seguridad y salvamento: tres seres con uniforme, de pie, en sectores equidistantes del corredor, se mueven sincronizados, en una suerte de coreografía, al compás de la voz que recita por las cornetas los diversos puntos de la nave y el uso de los adminículos de protección y auxilio.

La mujer del pelo negro oscuro no está a la vista. Definitivamente es quien narra el texto de la obra. Debe de ser la jefa.

Al concluir la ejecución, pasean lentamente, atisbando dentro de cada una de las hileras de butacas, a lo largo del pasillo; verifican que todos tengan el cinturón de seguridad ajustado, y se dirigen a sus puestos para el despegue.

Desde mi asiento, diviso a la familia.

Están allí, tres filas delante de la mía. Reconozco sus cabezas que asoman por los espaldares. Carlos, junto al padre. Alberto y Jaime, corredor de por medio, en la zona de tres butacas.

La silla adjunta a la ventana no está vacía.

Un señor calvo, según aprecio, que seguramente estuvo en la lista de espera, ocupa el sitio dejado por la madre.

Aireen debe de estar a las puertas del consulado tratando de explicar la situación. Pidiendo ayuda para poder reunirse mañana con su familia en Orlando.

Alguno del Cuerpo de Seguridad habrá tomado el teléfono interno para consultarle a un superior o a otro colega que pueda orientarlo en un caso como éste que, sin duda, no está en el Manual de Procedimientos, tan bien hecho y concebido para situaciones sin errores o tan poco probables como un sexo equivocado.

Quizá un alma piadosa autorice el pase de Aireen a las instalaciones para que, por lo menos, pueda plantear su problema a través de un vidrio blindado.

Serena, o nerviosa, o confundida, procurará hablar coherentemente, señalar el error, lograr empatía y entendimiento.

El avión despega y la presión en los oídos me confirma que ascendemos. Abro la boca, simulando un bostezo, hasta que la incomodidad desaparece. El señor gordo de suéter gris con rombos naranja suspende la lectura para santiguarse. Un rápido sacudón de mano, como para espantar zancudos.

Pudiera llamarse Alfredo.

O Medardo...

Cierro los ojos.

Tan pronto el avión se estabiliza y se apaga el letrero de «*SEAT BELT*», Medardo se incorpora y me pide el previsto permiso para ir al baño.

Me levanto y le doy paso libre al corredor.

Aprovecho para guardar el contrato en el portafolios y dejar a mano la revista que compré en el aeropuerto.

A mi vecino le preceden cuatro personas a la puerta de los servicios al final de la cabina. Lo espero de pie para estirar las piernas y no tener que pararme a su regreso.

Se me ocurre que Medardo es soltero. No viudo ni divorciado. Soltero. De esas solterías mansas que no pretenden más que la comodidad personal. Nada de cacerías nocturnas en bares de encuentros fortuitos. Nada de citas con posibles candidatas a una noche de locura. Sus noches son tranquilas en un apartamento céntrico en la ciudad. Una comida elaborada con paciencia y sencillez, al compás de algún disco de música vieja que desde la sala amaina la soledad del ambiente. Para acompañar la cena, una copa de vino tinto que entusiasme al espíritu y reduzca los riesgos de una enfermedad cardiovascular tan acorde con sus años. Un poco de televisión para ocupar las horas, después de lavar lo ensuciado y arreglar la cocina. En la cama, sólo un buen libro antes de dormir. Su fin de semana se irá en hacer las diligencias habituales en tintorerías y automercados; algún paseo por las calles aledañas, conversando trivialidades con los vecinos que se encuentra al paso; un café tinto en el sitio de costumbre. De vez en cuando el cine, o el teatro, o un concierto. Rara vez, una salida con familiares o una visita de cortesía a un amigo entrañable.

Me resulta fácil imaginarlo. Hacia allá voy. Sin apuros, con certeza.

¿Tendrá crisis Medardo?

Esas crisis de soledad que a veces vienen a preguntarte qué haces allí solo, solito, escuchando la radio.

¿Las habrá superado como se supera la rubeola, la lechina, la crisis de los cuarenta?

Medardo tiene aspecto de estar en paz con su soltería, feliz con sus lecturas. Por lo tanto, no lo está.

Como yo.

—Viva su realidad o cámbiela, Martínez. Visualícese. Con convicción, con pasión. Las fuerzas del universo obrarán el milagro que tanto busca — aconsejaría el señor Gamboa, si hablara de estas cosas con él.

Medardo regresa bamboleante, apoyándose en los espaldares de las butacas por donde pasa. Me agradece sin mirar. Recoge el libro y se desploma en el asiento. Vuelve a sumergirse en la lectura y yo me acomodo en mi silla, revista en mano, dispuesto a dejarme atrapar por las fotos de esos sitios increíbles donde viven actores de Hollywood y millonarios de la computación.

Los monitores bajan desde el techo. Ya viene la película. Ojalá alguna comedia para disfrutar con la comida que deben estar por servir. Busco los audífonos en el bolsillo de enfrente. Rompo la bolsita plástica donde están y los conecto al brazo izquierdo de la butaca. Por costumbre, dejo un oído libre: me gusta escuchar qué pasa alrededor.

Se inicia el movimiento de la tripulación con los *trolleys* del catering.

Carlos se levanta. ¿Quiere ir al baño? Intenta, inútilmente, colarse por la rendija que hay entre el carrito y los asientos. La azafata del pelo negro lo mira con un odio sólo posible en películas de terror. Le pide, imagino que le pide o, más probable, le ordena, que espere hasta que el servicio prosiga. Carlos voltea hacia su padre y, con un puchero de impotencia hinchándole los carrillos, cede. En estos casos, hace años ya, el cliente nunca tiene la razón.

Jaime y Alberto, desde el otro lado del corredor, dicen cosas que, por el trajín de los carritos y la distancia, no alcanzo a percibir; deben de ser burlas a su hermano. Gilberto yergue y blande un índice justiciero, como poniendo orden o exigiendo tranquilidad.

¿Recordarán a Aireen?

¡Qué buena suerte! La película es *La terminal*. Con Tom Hanks y la Zeta-Jones; de Spielberg. La vi con Matilde y Jorge hace un par de semanas atrás. Gozamos enormemente con este pobre extranjero condenado a vivir en la tierra de nadie del aeropuerto de Nueva York. Aunque ya la vi, no me importa. Es de esas películas que uno puede ver varias veces sin cansarse.

—No me diga, Martínez; se fue al cine con su prima y el esposo. Va camino a viejo con esas costumbres. Con tanta chica guapa de rodillas complacientes por allí, despilfarrando oportunidades con sus primos. ¡Usted está a punto de comprarse un gato!

Para el señor Gamboa, mi jefe, comprarse un gato es la cúspide de la senectud en un soltero. Como si fuera de su incumbencia cómo invierto mi tiempo libre. Y yo de tonto, dándole pie, al contarle estupideces de mi fin de semana. El costo de pasar tanto rato juntos, analizando documentos y posibles nuevos negocios, de alguna trivialidad hay que hablar de vez en cuando.

Seguro Medardo tiene un gato.

Hasta de angora debe de ser.

Lo peinará y le hará lacitos.

Medio raro Medardo con ese barrigón y peinando a un gato...

¡Ay, papá!

Nunca se lo he comentado a Gamboa, pero, al parecer, como síntoma de una vejez solitaria, un perro es peor que un gato.

En una ocasión, en un aeropuerto, mientras esperaba a que anunciasen mi vuelo, tomando el café habitual, de pronto, sin pedir permiso, se sentó a mi mesa un señor mayor.

Sin que viniese a cuento, me soltó:

—Esto de ponerse viejo es muy malo, mi amigo. Nadie te quiere. La mujer se va con otro. Los hijos se casan y ni vuelven a llamar. Los amigos no están a la mano: o muertos o distantes. Se siente la soledad y, para paliarla, nos compramos un perro. Un día, bañándonos, se nos cae el jabón, nos agachamos, y llega el perro y... ¡zuaz! Bueno, tú sabes... Yo ya me jodí: ¡Ayer me compré el perro!

—Muy apropiada la película —dice Medardo, sin verme, con los ojos fijos en la pantalla—. Ya uno va medio asustado, preguntándose si los gringos nos van a dejar pasar en inmigración, y nos proyectan esto. ¡Qué angustia, hombre!

—Peor sería una de desastres aéreos —contesto sin pensar y, en el acto, me reprocho por este error de alentar a mi vecino, y que se ponga a parlotear, incontenible, las próximas tres horas.

Medardo no contesta y vuelve a su libro. No es su intención platicar, sólo manifiesta su ansiedad; al espacio, al cielo, a nadie en específico.

Mi comentario sobra para él.

Yo sobro para él.

¡Gracias a Dios!

Definitivamente la revista no me atrapa. La pongo en el maletín con el contrato y el cartón de cigarros que compré en la tienda libre de impuestos. Ya la revisaré en el hotel una de estas noches. Si Gabriela lo permite...

Debe de estar buenísima.

Claro que está buenísima Gabriela.

Y querendona.

Eso es: Vi-sua-li-zar.

Tom Hanks se entera en inmigración que, mientras transcurría su vuelo, ha habido un golpe de estado en su país. El gobierno norteamericano ha suspendido las visas otorgadas allí y le está vedado el ingreso a la nación. No hay retorno hasta nuevo aviso. El desconcierto y la inquietud lo invaden a la vez que, con las dificultades del idioma, trata de entender lo que ocurre. Está condenado, indefinidamente, a permanecer errante en los espacios del área internacional del aeropuerto.

—¿Qué desea beber? —me pregunta un muchacho con copete a lo Elvis Presley, que acompaña a la aeromoza del pelo negro intenso en el otro lado del carrito de servicio.

Uno no imagina los nombres de las azafatas o del personal de abordo, lo lee directo en la plaquita que indefectiblemente tienen en el pecho, y lo olvida tan rápido como lo leyó. Glen se llama quien me atiende. Joan, su compañera. Los otros dos, no sé; no les corresponde esta área.

—Jugo de tomate, Glen, por favor.

Una bolsita de maní complementa mi bebida.

A Medardo le sirven la copa de vino tinto que ha ordenado. Lo miro de reojo mientras se lleva el envase plástico a la nariz para degustar el aroma. Es como muy de mañana para un trago de alcohol, pero él es ajeno a esas consideraciones, y lo prueba de a poquito como para que dure lo más posible este placer que, total, ya está incluido en el precio del pasaje.

Sí.

Soltero.

Y tiene sus crisis.

La señora del pelo negro, Joan, es quien distribuye la comida propiamente dicha:

—¿*Beef or chicken?* —consulta maltraduciendo «¿carne o pollo?», como si el pollo no fuese también carne, con el único interés de deshacerse rápido de esta fila, estos asientos, y concluir su recorrido tan pronto pueda. Debe llenar las formas de inventario y los reportes para entregarlos al aterrizar, y esto de atender a personas que quieren un poco más de jugo o agua, por favor, en un inglés tan incomprensible que obliga a repreguntar, es un fastidio. Joan querrá llegar de una vez a su casa y quitarse esos zapatos incómodos, desabotonarse la falda, soltarse el peinado, echarse a pierna suelta sobre el edredón sin correr de su cama, y descansar ausente de sí hasta el próximo vuelo.

¿Carne o pollo? Alguien debió equivocarse al preparar el catering. Nos ofrecen almuerzo cuando, por el horario, correspondería un desayuno. Huevos o fiambres debería ser la oferta. ¡Con lo que las aerolíneas cuidan los costos operativos! Un pobre diablo pagará los platos rotos. Alguna chiquilla tímida, recién contratada, aún en proceso de inducción, que por los nervios no supo leer bien las instrucciones —plagadas de siglas y abreviaturas con las que codifican las órdenes para ahorrar espacio—, y no se atrevió a preguntar. La cuerda siempre revienta por...

Carne o pollo. ¡Qué se le va a hacer! Si del cielo te caen limones, aprende a hacer limonada.

Aireen escogería el pollo y algún jugo *light*.

Gilberto y los muchachos, seguro, la carne.

Medardo pide el pollo.

Yo también.

Tom Hanks descubre cómo hacer dinero al devolver los carritos para equipaje dispersos por los corredores del terminal. Los agarra donde estén y los lleva veloz hasta una cercha de acero inoxidable que, al recibirlos en su mecanismo, devuelve una moneda. Con lo colectado, se compra un almuerzo en un muy conocido negocio de comida rápida.

—¡Puro *placement*, Martínez! Publicidad por emplazamiento. No va a creer que es casualidad que esas empresas estén allí, ¿no? Plata de la buena les costaría. ¡Ya quisiera yo tener real suficiente para exhibir a mi empresa en una película de Spielberg! —Siempre tan en la jugada el señor Gamboa.

El pollo está comible. Un poco recalentado y ligeramente insípido a pesar de la salsa que lo cubre. Lo mastico despacio para que la digestión no me sea pesada, y acompaño los bocados con un poco de los vegetales que lo guarnecen.

Una miniporción de torta de chocolate es el postre.

Tom Hanks se afeita en un baño de la terminal y otro viajero le pregunta:

—¿No tienes la sensación de estar viviendo en un aeropuerto?

(A mí también me pasa, amor. Con todos estos viajes de negocios, a veces siento que vivo en un avión, en un aeropuerto, en un hotel. Un nómada moderno, ¿sabes? ¿Te gustó el pollo?).

¡Coño!

¡Otra vez!

¡Qué vaina!

Se me están volviendo recurrentes, con frecuencia incremental, estas…

Crisis…

No tengo claro cuál es el detonante, si hay alguno, o si es la edad que va minando también al espíritu.

Viendo televisión me descubro acariciando un muslo, unos dedos, unos hombros, un cabello de alguien que no está…

A veces, en el cine, me imagino que en lugar de mi prima y su esposo, son mi mujer y mi hijo los acompañantes. Desarrollo en mi interior toda una historia doméstica llena de anécdotas y satisfacciones…

Como ahora, con esta necesidad, este ahogo por querer compartir este vuelo, este *brunch*, este instante…

Con mi pareja…

Una esposa, una concubina, una novia…

No una aventura, no una Gabriela…

Alguien con la que haya construido una vida, unos recuerdos, una familia.

Alguien como…

Como Aireen…

Y poder intercambiar con ella las porciones en el azafate.

(¿Quieres mis verduras, amor?).

¡Cómo me gustaría!

Ni de vainas he comentado esto con nadie.

Mucho menos con Gamboa.

—¡Ah, carajo, Martínez! ¡Tantas pajas lo están volviendo loco! ¡Váyase a un burdel o búsquese una novia! Ésas son cosas de adolescente trasnochado, no de un hombre hecho y derecho como usted. ¡Viva su realidad o cámbiela!

La realidad es otra, y es Medardo quien está sentado junto a mí.

Medardo lee y come. Mi mamá lo hubiese regañado por esa mala educación. Tal vez su madre también lo regañaba, y ahora se desquita. A los solitarios nos importan un bledo las buenas costumbres.

Tom Hanks conoce a la Zeta-Jones en una librería del aeropuerto. Es hermosa esta azafata que lee libros sobre Napoleón. Una cara primorosa, sexi. Trata de conversar con ella sobreponiéndose a los obstáculos de la lengua y las limitaciones de tiempo.

Inesperadamente, ella lo invita a cenar.

¿También Joan tendrá aventuras con pasajeros?

¿Tendrá un amante en cada puerto como los antiguos marinos?

Pero es tan fea Joan.

Sólo la destaca la precisión de sus movimientos y el intenso negro de su pelo.

Cuesta creer que esté envuelta en locas historias de amantes.

Por eso mismo, debe ser así. Una ninfómana desesperada.

¿Tendrá su jujú con el Capitán?

En las noches, en otras tierras, podrán tener encuentros privados, discretos, a espaldas de los demás tripulantes: los chismes no convienen a sus respectivas carreras.

¿Y si el piloto es mujer?

Una dama rubia, con edad y experiencia suficientes como para comandar esta nave, de largas pestañas, cintura envolvente, muslos sólidos, labios enloquecedores. Digna de una portada de *Vogue*. Con personalidad arrolladora, temeraria. A la que no le tiembla el pulso ante lo inesperado. Capaz de enfrentarse a puños con un oso polar, o un estibador borracho.

Entonces tendría más chance de ocurrir. Joan muy bien puede ser lesbiana en este mundo actual de confusiones y, así, la historia mítica del piloto y la aeromoza tomaría un matiz más moderno.

A lo mejor a Joan también le den estas crisis raras que me sorprenden; y, en el asiento de atrás, cuando completa reportes, se imagina en el sofá de la sala de su casa, acariciándole el cabello a su pareja ideal que reposa en su regazo, y le cuenta las faenas del día, mientras el televisor transmite la programación, indiferente a la falta de audiencia.

Glen, con su peinado a lo Elvis Presley, la interrumpirá con alguna consulta nimia, y se sentirá invadida en lo más íntimo, y, con bochorno en la cara, responderá disimulando la desilusión:

—No. No tenemos champán.

Termino el pollo y la ensalada y quiero un café para acompañar esta tortica de chocolate.

Hay que esperar a que Glen y Joan concluyan su recorrido, que regresen con guantes de plástico transparente y negras bolsas de basura a colectar los desperdicios, y, luego, entonces sí, vengan a ofrecernos algo más de beber.

Igualmente, Medardo casi finaliza. Un último bocado pende en el tenedor azul oscuro.

Inclina la cabeza y lo engulle, sin apartar los ojos de la lectura.

Un no sé qué de rumiante tiene este gordo, y sonrío internamente pensando que también el pollo debe de estar en el libro. ¡Claro que es así! Indiscutible. Ha iniciado su tránsito irrefrenable hacia libro, panza, bonete y cuajar. La caricatura de una vaca mofletuda, mansa, con suéter gris de rombos anaranjados y una campanita tintineante en el cuello, peinando sobre sus piernas-patas a un gato de angora, me surge.

¡Quién supiera dibujar!

(Si supiera, Aireen, mi amor, compartiría este boceto contigo, y nuestras risas harían que todos voltearan a vernos, y no nos pondríamos rojos, ni nos importaría que nos mandasen a callar).

Tom Hanks trabaja de obrero de la construcción en el interior del aeropuerto, un conjunto de azares y confusiones ha permitido esta actividad que le depara un ingreso económico suficiente como para comprarse un traje de afamado diseñador:

—*¡On sale!* —le explica a la Zeta-Jones cuando coinciden en su cita para cenar.

—¡Película al fin, Martínez! Ni con todo un año de trabajo usted podría comprarse un traje de ese modisto;

así esté rebajado en cincuenta por ciento. ¡Pura fantasía y *Placement*! —Siempre tan con los pies en tierra el señor Gamboa.

Ahora sí, Carlos puede levantarse e ir hasta el fondo del avión donde están los baños. Jaime y Alberto también se incorporan, y lo siguen con apuro para adelantársele en la carrera. Quieren ser los primeros en entrar.

Otros cinco ya les ganaron las posiciones.

(¡Cómo han crecido los muchachos, mi vida! Carlos cada día se parece más a ti. ¡Hasta en la manera como le cae el pelo en la frente! Es hermoso verlos juntos. ¡Lo hemos hecho bien! ¿No crees?).

Medardo entrecierra el libro y me dice sin voltear:

—Disculpe que lo incomode; debo ir al lavabo.

Es aparatoso el proceso para dejarlo salir.

Alzo la bandeja con los envases para comida, y guardo la mesa. Desconecto el audífono, lo dejo colgándome de la oreja y el hombro. Libero el cinturón de seguridad, y me incorporo con el azafate tratando de mantener el equilibrio. Casi soy exitoso en el procedimiento, apenas el vaso plástico cae en el corredor y rueda hacia el asiento de atrás dejando una estela líquida sobre la alfombra. Ya lo recogerá el personal de limpieza cuando aterricemos.

Mi vecino tiene vía libre.

Aprovecha mi ausencia y levanta el brazo que separa las dos sillas. Se arrastra sobre las nalgas de un puesto al otro, sujetando el libro en la mano, sin cerrar la mesa. Su barriga indoblegable remece los objetos en la bandeja. Un chispazo de salsa salpica sobre el suéter de rombos.

—¡La que lo parió! —masculla con el aliento entrecortado por el agite.

Doble contra sencillo: Soltero. Con crisis.

Al finalizar el tránsito, y ponerse en pie, las luces de «*SEAT BELT*» se encienden acompañadas de un corto *bib* de alarma.

Medardo hace caso omiso y prosigue directo hacia el fondo del corredor, guardándose los faldones de la camisa y subiéndose los pantalones por la espalda.

Los que esperan por el baño tampoco se mueven.

Quedo parado en el pasillo, apoyándome en el respaldar del asiento, a la espera de que vuelva, desobedeciendo también la instrucción en la señal luminosa.

La Zeta-Jones tiene un amante. Un hombre casado, una relación añeja que la hiere, pero no puede o no sabe cómo concluir.

¿Miedo a la soledad?

¿Temor a esas crisis que quizá también la acosan en su imaginaria vida privada en la película?

—¡Viva su realidad o cámbiela! —le habría dicho el señor Gamboa a la Zeta-Jones—. ¡Visualice, señorita, y cambie su modo de vivir, si no la satisface!

Procedería, entonces, a explicarle en detalle el efecto de la Convicción y el Pensamiento Positivo y cómo las Fuerzas del Universo se confabulan hacia el logro de lo visualizado.

La Zeta-Jones lo miraría embelesada, y se dejaría guiar por el verbo encendido del señor Gamboa:

—¡Sí! ¡Vi-sua-li-zar! —repetiría con ojos llenos de amor por mi jefe.

Carlos ha entrado al baño de la izquierda y, casi de inmediato, Jaime pasa al de la derecha.

Antes de Medardo, está Alberto. Después de él, una señora, como de unos sesenta y largos, da brinquitos sobre la punta de los pies. Ya no aguanta las ganas de orinar. Otras seis personas complementan la fila.

En cualquier instante los mandan a sus asientos. Estoy convencido de que la verdadera razón de la luz de «*SEAT BELT*», después de la comida, es despejar el corredor para que Glen, Joan y sus compañeros puedan terminar de recoger sin interrupciones. ¡Demasiada casualidad que siempre, en todos los vuelos que he tomado, ocurra lo mismo! (¿Verdad, Aireen?).

Como si la hubiese invocado con el pensamiento, Joan emerge de la cortina azul, al extremo del avión, y, con cara constreñida, confronta a los que esperan por los baños, indicándoles con dedo apocalíptico que la luz está encendida y deben volver a sus butacas. Sólo permite a Alberto y a Medardo relevar a Carlos y a Jaime que allí salen, simultáneos, de los sanitarios.

La señora mayor queda sin opción. A despecho de sus protestas y súplicas, debe volver a su sitio con su enojo, su llanto y su vejiga inflada casi a reventar.

Me siento antes de que los regaños de Joan me alcancen.

Imagino a la pobre señora dejando escapar ex profeso el líquido tibio de sus entrañas, humedeciendo el cojín de la silla. Un mancha rezumante, amplia y oscura, de olor característico, será huella incriminatoria de su acto. La tendrán que lavar previo a un próximo embarque. Muda protesta y venganza a la que todo cliente tiene derecho. (¿Verdad, mi amor?).

Medardo vuelve a su lugar y a su libro. Nada de lo que pasó lo afecta. Él pudo orinar.

Soltero.

Con gato de angora y todo.

Título para un cuadro: *Egoísta con suéter gris de rombos naranja y felino con lazos fucsia*. (¿Te gusta el nombre, corazón? Sí, un poco rebuscado. Mejor algo más sencillo. *Soltero con gato*. Ciertamente).

¿Cómo serán las crisis de Medardo?

¿Se soñará abrazando a su amada en los paseos sabatinos por las calles próximas o recorriendo un bulevar con jardineras de flores multicolores al ir a la tintorería o a comprar el almuerzo?

¿Le bastará el cariño codicioso del gato, y sus caricias zalameras, y su ronroneo falaz, para sentirse pleno?

¿Cómo se llamará la mascota de Medardo?

¿Xian?

¿Tzu-Tzu?

¡Ay, papá!

(Da lástima, ¿verdad, mami? Tan mayor y dependiendo del querer de un animalito. En cambio, tú y yo nos tenemos el uno al otro, y a los muchachos, y afecto es lo que nos sobra. ¿Quieres café? Ya Glen y Joan están regresando con la jarra. ¿O prefieres otra copa de vino?).

La pertenencia más preciada de Tom Hanks es una lata. Una de maní o semillas de merey. Grande. Tiene una tapa plástica y la etiqueta es colorida. La cuida con esmero y no la deja ver. Sólo a la Zeta-Jones.

En el interior del recipiente está el secreto de su visita a Estados Unidos: una promesa que debe cumplir en memoria de su padre.

Lo prometido es deuda, eso sí, y el contrato debe regresar firmado por Sepúlveda, sin cambios, tal como está.

Lo primero que hay que hacer en la reunión es presentar el contrato.

Que lo firme sin objeciones.

(Vas a ver cómo nos vamos a dar vida con el bono que voy a recibir, Aireen. Compraremos lo que se te antoje, corazón).

El personal de cabina concluye el ritual de servicio y limpieza.

Ni un café más.

El movimiento en el avión se apacigua.

El conflicto en la patria de Tom Hanks ha cesado. Se regularizan los vuelos a esa nación. Las autoridades del aeropuerto quieren repatriarlo. El amante de la Zeta-Jones tiene conexiones con el gobierno norteamericano y le consigue una visa de un solo día para que pueda entrar a Nueva York y cumplirle la promesa a su padre.

Termina la película. Los monitores se recogen.

Tengo sueño…

Estamos en el monorriel de Disney rumbo al Epcot Center. Hoy habrá fuegos artificiales en la noche.

Aireen va de mi mano…

Vamos viendo la evolución del mundo y los dinosaurios en un anfiteatro cuyas sillas se convierten en tren para el asombro de Carlos y las risas de Alberto y Jaime:

—¡Qué maravilla!

Compramos recuerdos en una tienda con cosas de *rock and roll* y todos queremos chaquetas de cuero con nuestros nombres impresos para ser la Banda de los Zubizarreta:

—¡Síííí!

Tomamos helados con crema y revisamos el programa para definir nuestro rumbo.

Beso a Aireen, dulcemente, y la mancho de helado de chocolate en la mejilla...

Abrazados, esperamos frente a la laguna el inicio de los juegos pirotécnicos.

Hace frío a pesar de la temporada.

Sólo el amor se respira.

Me despierta un movimiento brusco del avión y una mano que agarra mi mano, como quien busca protegerse, y un cuerpo que se recuesta a mi hombro con la tensión del pánico.

¡¿Qué le pasa a Medardo?! Me indigno, y lo imagino con su suéter gris de rombos naranja, barrigón, rumiante, peinando a su gato de angora...

Con escarnio y desprecio suelto:

—¡¿Qué broma te pasa, gordo?!

Y, al girar la cabeza, Carlos, asustado, pero silente, como para que nadie escuche su miedo:

—Papi —me dice—. Esto se está cayendo.

Volteo hacia donde debería estar mi silla.

Gilberto duerme junto a Medardo.

Logro contestar:

—Tranquilo, hijo. Estamos aterrizando. Esta zona es muy turbulenta. Siempre se agita el avión.

Como a tantas otras cosas, uno se acostumbra a esto de la vida familiar. A estar pendiente de que los muchachos no olviden nada en la cabina, que tengan los documentos en la mano, y que no alboroten o atraigan la mirada de los Agentes de Inmigración.

Delante de nosotros camina raudo el hombre del maletín que Carlos dice debe apellidarse Martínez y Jaime piensa se llama Antonio. Me invaden unas ganas enormes de decirle a viva voz que no regrese sin el contrato firmado, que es importante que se lo refrenden de una, antes de entrar en cualquier otro tema; que visualice…

¡Tamaña tontería!

No tiene ninguna lógica gritarle esas cosas a un desconocido, y menos en la antesala de inmigración, no vaya a ser que los gringos piensen que soy un loco y nos nieguen la entrada y quedemos, como Tom Hanks, en la tierra de nadie de este aeropuerto.

Me reprimo, y continúo a paso de vencedores, animando a mis hijos para que pronto alcancemos los módulos, instruyéndoles que tengan los pasaportes y las planillas disponibles.

Después de pasar aduana, buscaremos un teléfono para llamar a Aireen y cerciorarnos que pudo solventar el problema, y que mañana se unirá a nosotros en estas tan esperadas vacaciones en Orlando, donde todos los sueños se hacen realidad.

2. Para cosechar nalgas de catorce quilates

No, no me acostumbro a esta sensación como de *déjà vu* inverso, como de no haber estado nunca donde, en teoría, siempre estuve, que no me abandona desde el viaje.

No me reconozco en estos lugares que, en principio, me son propios. Me sé en mi hábitat, pero no hilvano referencias, internamente fotográficas, de dónde asirme para un recuerdo.

Recorro el apartamento escudriñando rincones, gavetas, clóset, cuadernos, libros, álbumes, discos, cartas, archivos electrónicos en busca de pistas que despierten la memoria, y nada.

Nada parece mío, todo lo es. Anticipo lo que hay en cada espacio, dónde guardo el dinero, las cuentas bancarias, las corbatas, los objetos de cocina, los discos con las canciones que me gustan y, en los anaqueles, cuál de estos libros he leído. No entiendo cómo lo sé, si todo me parece nuevo, todo me luce ajeno.

Desconozco a estas personas cuyos nombres pronuncio con el automatismo de lo cotidiano, prueba concreta del trato previo y repetido. Procuro evocar a propósito cualquier evento común, y fracaso, ninguna anécdota o referencia aflora. Sólo veo sus caras o escucho sus voces y del fondo de algún lado pronuncio: Matilde... Jorge... Gamboa... Rafael... Alicia... Maite...

Al igual, puedo nombrar a los personajes de las fotos que cuelgan tristes en las paredes de la sala... Sin más.

Soy extraño a esta imagen maltratada que se refleja en el espejo, presuntamente yo, ausente de rasgos familiares y lleno de arrugas, estrías, flacidez, canas.

¿Cuándo llegué a ponerme viejo y abandonado?

Podría hablar de mí en tercera persona: ese cincuentón gris de ojos tímidos que usa ropa interior de elásticos vencidos, trajes baratos, corbatas de poliéster, medias desgastadas; pero sin duda, yo: Antonio Martínez, como rezan el pasaporte y la cédula de identidad.

Me siento preso en un limbo, a la espera de una definición, sin adelante ni atrás, ni afuera ni adentro, como transitando una cinta de Moebius, sin ayer ni mañana conscientes.

Y, sin embargo:

—¿La razón de esta visita, señor Martínez? —preguntó el cubano de bigoticos recortados, agente de inmigración en Miami, con esa mirada acusadora que tienen siempre y que hace temblar y tartamudear como si definitivamente se fuera culpable de algo terrible que queremos esconder.

Creía no saberlo, y tuve miedo a ser sorprendido —por la visión profundamente penetrante del cubano— en una fechoría, en un acto impropio que me impidiera la entrada al país o, peor, me condujera a la cárcel por varias cadenas perpetuas.

Pero contesté sin vacilar:

—Tengo una reunión en Sepúlveda Investments. Me voy el sábado.

Casi me caigo de espaldas cuando me oí. ¿Cuál reunión? ¿Qué empresa es esa? ¿Dónde queda? ¿Para qué y con quién me voy a reunir? Pero controlé la ansiedad para no despertar sospechas adicionales en el escéptico cubano de bigoticos recortados que sella el pasaporte y me da puerta franca con estadía autorizada por innecesarios seis meses.

Reconocí mi equipaje de inmediato en la correa que giraba mansa bajo el letrero luminoso con el número de mi vuelo. Supe explicar el contenido al agente de aduanas, puertorriqueño de pelo engominado y camisa arremangada —para mostrar ostentoso la fibra muscular de sus brazos y la gruesa pulsera de oro con su nombre—, que me recibió la declaración con la misma cara acusadora que tenía el cubano de Inmigración.

¿Desde cuándo fumo?, me pregunté, apenas salí del aeropuerto, atónito ante la acción mecánica de extraer una cajetilla del paquete totalmente nuevo que tenía en el maletín, y encender el cigarrillo ese, tan agradable, tan necesario...

Efectivamente, en el hotel —uno en el mejor estilo Art Deco, en muy buenas condiciones a pesar de haber sido construido muchísimo antes de que los latinoamericanos se apropiaran de Miami—, tenían una reserva a mi nombre:

—Habitación de fumadores, señor Martínez, ¿verdad? —aseveró como si preguntara (con su sonrisa extrema, su guayabera de colores tropicales, la abundante bisutería, el pelo rebelde al cepillo y demasiado largo para atender al público), el chico dominicano de la recepción.

¿Cuándo reservé? ¿Cómo sabía la dirección que con tanto detalle y dificultad le transmití de memoria al haitiano mal oliente que, sin hablar español y apenas chapucear inglés, manejaba el taxi?

Me maravillaba completando la planilla del *check-in*, boquiabierto por la cantidad de cosas que sabía de mí y no sabía que sabía.

El mayor impacto lo tuve al firmar con fluidez sobre el *voucher* de la tarjeta de crédito con esa rúbrica tan personal que enfrentaba por primera vez.

¡¿Qué es esta vaina, Señor?!, pensé.

—¿Algún problema? —me preguntó el dominicano sin abandonar su sonrisa exagerada, inquieto por mi inocultable expresión.

—No. Nada. Todo está bien.

Así he ido desde entonces: en piloto automático, con un yo interno sorprendido ante las acciones de un yo exterior, jefe absoluto de mis actos.

—¡Tantas pajas lo están volviendo loco, Martínez! A este ritmo, va a terminar comprándose un gato. En serio: ¡Búsquese una novia! —me dice el señor Gamboa (¡tan simpático, tan jocoso, tan folclórico en sus comentarios y consejos!) cuando le cuento de mis sensaciones, con la esperanza de que pueda darme una pista.

Tal vez tenga razón y lo que me hace falta es un buen polvo para despercudirme y volver a pisar tierra.

Y...

¿El que eché con Gabriela?
¿Insuficiente?
¿Dosis subterapéutica?

—¡Qué hembra, señor Gamboa! De carnes firmes y abundantes, ingeniosa y locuaz, cariñosa y sandunguera. En la edad perfecta, cuando ya no hay ilusiones, y saben que la felicidad no está a la vuelta de la esquina; y les satisface un afecto mínimo y un buen revolcón para alegrar la semana.

—¡Caramba, Martínez! Nunca me había hecho esas confidencias. O está más jodido de lo que reconoce, o vamos ganando en confianza —se carcajeó mi jefe.

Cómo no tenerle confianza y aprecio a un hombre como Gamboa que, por añadidura, me acaba de entregar una prima de seis meses de sueldo sólo por traer firmado un contrato. ¡Seis meses de sueldo por una tarea tan fácil!

—Buenas tardes, señor Martínez, lo estábamos esperando. ¿Cómo estuvo el viaje? —me recibió el señor Sepúlveda con la mano extendida y esa sonrisa profesional que no trasmite calidez, pero pareciera que sí.

No perdí tiempo en los formalismos de romper el hielo y crear seguridad. Coloqué el portafolios en la brillante mesa de reuniones y extraje las dos copias del contrato.

—Lo primero es lo primero. Salgamos de esto —dije, también con sonrisa profesional, abriendo los documentos en la página para la firma.

Sepúlveda soltó una carcajada sonora.

—Así me gusta, directo al grano.

Ya, para entonces, no me preguntaba; me dejaba llevar, maravillándome con lo que iba descubriendo que conocía de mí, a la expectativa del próximo paso, sorprendiéndome en cada escena, en cada actividad.

Algunas cosas han sido agradables: Gabriela y su fogosidad atolondrada; el éxito laboral de la firma del contrato; la afabilidad de mi jefe. Otras, no tanto: reconocer que vivo en este apartamento desgastado y sin gracia, con una decoración de abandono y miseria; que me he hecho un viejo marchito a una edad temprana; que mantengo este estilo de vida tan decadente...

Es fastidiosa y divertida a la vez, la sensación de no entender lo que me ocurre, lo que sé o lo que hago —de observador externo de mi realidad —, que me mantiene en jaque y alerta.

Pero no... Definitivamente, no me acostumbro.

Hoy, sábado, Matilde ha venido a visitarme.

Ya el domingo anterior, tan pronto volví, llamó por teléfono. Casi ni hablamos: me había ido bien; todo lo había encontrado correctamente. Sin mayores detalles. Mas, a punto de colgar, le comenté entusiasta:

—¿Sabes qué película dieron en el avión de ida? —Y no recordaba haber visto película alguna, ni siquiera cómo llegué a Miami—. *¡La terminal!*

Una risotada alegre fue la respuesta al otro lado de la línea.

—Habrás anotado el nombre del músico que faltaba, ¿no? ¿Compraste un disco suyo?

Ella tuvo que explicarme: el motivo del viaje de Tom Hanks a Nueva York era completar una colección de autógrafos de músicos de jazz que inició su padre, cuando joven, en aquella lejana patria de nombre sonoro. Le tomó la vida entera construirla, y la conservaba en una lata de maní. Al momento de su muerte, sólo una signatura faltaba. Tom Hanks le ofreció no dejarla inconclusa. La joya de la corona era la de un saxofonista. No identificamos su nombre cuando vimos juntos el film.

—¡Cómo no puedes recordarlo, si has visto *La terminal* dos veces, Antonio! Tú siempre tan despistado.

Quedé en neutro.

Siempre tan despistado, me ha dicho.

Es decir, mi despiste no es novedad.

Antes ya lo era.

¿Y si es una enfermedad degenerativa del sistema nervioso que ha avanzando, subrepticiamente y de a poquitos, desde hace mucho, y ahora está en plena crisis?

¿Demencia?

¿Una especie de Alzheimer mutante que recuerda el presente y olvida el pasado?

¿Una esquizofrenia tardía, sin signos positivos ni negativos, sin voces que alerten ni depresiones suicidas?

¿Una epilepsia novedosa?

¿Un episodio extraprolongado del «pequeño mal» que me ha mantenido *on hold* por varios años?

—Sí, la verdad… —atiné a balbucear.

—Quizá pasemos a visitarte —me dijo, no fijando fecha ni hora, como dejando a entrever que vendría con Jorge, su esposo.

Tocó la puerta tres veces y de seguidas la abrió con la llave. No tuve tiempo siquiera de levantarme del *pantry* de la cocina-comedor; mucho menos de ponerme una camisa, y ya ella estaba allí en la sala con sus lentes de sol, su cartera y una bolsa plástica de automercado.

Está vestida como para ejercitarse, con una camiseta azul muy ceñida y un pantalón de mono rosa, y zapatos deportivos blancos. Lleva un suéter, también rosado, colgándole del cuello y de los hombros.

—Estabas acá, ¡qué suerte!

Sonríe, se sube los lentes hasta la tonsura, a modo de cintillo, y viene hacia mí.

Deja la cartera y el paquete sobre la mesa del *pantry*, y me da un ligero beso en la mejilla. Un sublime perfume a cítricos me acaricia.

—Te traje frutas —y señala la bolsa.

Es obvio que no le importa que tenga el torso desnudo y da la impresión de que tiene la costumbre de venir al apartamento sin previo aviso o cuando no estoy. Tal vez me hace las compras o me ayuda con la limpieza. A lo mejor, de verdad, no esperaba encontrarme y venía a dar una vuelta a ver cómo estaba todo. Es probable que, durante los fines de semana, yo no acampe mucho en casa y ocupe el tiempo fuera. ¿Cómo saberlo?

Matilde tendrá treinta y piquito, y una alegría interna que le sienta de lo mejor. Sus ojos transmiten interés, vivacidad y dulzura. Mantiene un cuerpo flexible y joven, afín con una rutina de ejercicios como trotar o jugar al tenis. Puede que haya venido de paso antes de ir a su sesión sabatina en algún club. ¿Será así?

Es innegable que me tiene un cariño profundo y, no hay duda, es recíproco. El trato es espontáneo, fluido, cómodo; y le tengo tal confianza que le he dado la llave.

—¿Quieres un café? —le ofrezco.

—No, preferiría un jugo o un vaso de agua. Afuera hace un calor que ni te cuento.

Matilde se sienta en una de las sillas del *pantry* y, con naturalidad, revisa el cuaderno donde he estado anotando las tareas pendientes, permanece abierto sobre la mesa, junto a la taza de café que he dejado a medio camino. He descubierto que prefiero escribir a mano. Las ideas brotan más fácilmente a través de un bolígrafo o un lápiz, desde el cerebro hacia el papel, que mediante el teclado de la computadora. ¿Cosas de viejo?

—¡Tú nunca descansas, Antonio! Trabajo, trabajo y más trabajo. ¿En qué proyecto andas? ¿Otro contrato en Miami?

El mohín pícaro de su cara sugiere que conoce al dedillo cuánto dinero me ingresa con cada logro.

Le sirvo el jugo de naranja, sin responder.

¿Hay tanta intimidad entre nosotros? ¿Hemos sido cómplices, confidentes, compinches? O ¿es una relación familiar amigable y afectuosa, pero discreta y limitada? ¿Puedo hablarle con franqueza? ¿Debo cuidarme de hacer comentarios financieros, personales? ¿Debería mantener una conversación superficial con temas como el clima, el país, algún libro, las películas que vimos?

—¿No estará pasado el jugo? Mira que tú eres medio descuidado con eso de las fechas de vencimiento. ¿Lo pruebas?

Sonrío por no quedarme inmóvil.

¡Tú siempre tan despistado!, me dice ahora. ¡Mira que tú eres medio descuidado!, me dijo por el teléfono. Sin críticas. Sólo descripción.

Es evidente que me conoce muy bien.

Soy un distraído.

¿Cómo, si no, pude perder la consciencia de mí, la noción propia?

En un despiste debo haberla dejado por ahí, bajo el colchón, en la azucarera… Se me caería al caminar y no me di cuenta.

¿Habrá alguna oficina de objetos perdidos y encontrados donde acudir, llenar unos formularios y...?

¡Si seré estúpido!

¿Podría, Matilde, ayudarme?

¿Quién más puede darme pistas concretas de mi pasado, de mis antecedentes familiares, de enfermedades sufridas, de mi forma de ser?

Apuesto que conoce detalles esclarecedores capaces de orientarme en la búsqueda de mi yo perdido.

¿Y si me juzga loco y se las ingenia para enviarme de por vida a un manicomio? ¿Tendrá algún interés en sacarme del juego? ¿Será mi heredera universal? ¿Estará dispuesta a cometer un crimen para apropiarse de este apartamento y del poco dinero que tengo en mis cuentas?

¡No te digo yo! Además de amnésico, idiota.

Cato el jugo.

—Está divino. Aún no fermenta —comento, haciéndole un guiño, extendiéndole el vaso.

—Uff, ¡qué suerte! —exclama, siempre con picardía.

Sí. Ella puede ayudarme, concluyo.

—Ya que estás aquí, Matilde, déjame contarte algo que me atosiga —le adelanto, llevándola hacia el sofá para estar más cómodos.

—Hay una novela de Umberto Eco con un personaje al que le pasa una cosa como a ti —dice Matilde, acariciándome las mejillas con ternura. Está preocupada y perdida. No quiere transmitirlo. Parpadea y mueve los ojos, de izquierda a derecha, sin dejar de verme. Son de un color café que invita a beberlos, y ¡con esos toquecitos de miel y esos destellos tan picantes!—. *La misteriosa llama de la reina Loana*. No me gustó tanto como *El nombre de la rosa* y, probablemente, a ti tampoco. La verdad, ni terminé de leerla. Es muy lenta y está inundada de referencias a revistas y cómics que no llegaron por estos lares, o por lo menos eso creo. Muchas fueron una primicia para mí. Lo más divertido son las reproducciones de carátulas e ilustraciones de unos folletos de los años treinta y cuarenta. Me recordaron, salvando las distancias, claro, a aquellos humoristas de la vanguardia española, Enrique Jardiel Poncela, por ejemplo, cuando decían: «Y sus labios eran así», y, tras el texto, ponían el dibujo con una boca turgente, casi obscena, de mujer, ¿recuerdas? —Su mirada... Y su calor tan próximo... Un calor de piel para quemarse de a poquitos, bien quemado. Sus labios son tenues y del mismo tono rosa que el suéter y el pantalón que viste. Están húmedos, y la humedad le da unos brillos que provocan—. El personaje pierde la memoria, mejor dicho, algún tipo de memoria; porque el autor aprovecha para informarnos que hay varios tipos de memoria. Una que él llama implícita, nos permite hacer cosas mecánicas, aprendidas e integradas al comportamiento, de las que ni siquiera somos conscientes que sabemos o hacemos: caminar, peinarnos, montar en bicicleta, escribir, conducir un auto. —Cuando habla, menea la cabeza, los lentes de sol saltan, y un haz de pelos le cae sobre la frente y le tapa los ojos. Hace un gesto, un movimiento con el cuello, coquetísimo, para apartárselos. ¡Se ve tan viva!—. Hay otra, la explícita. Supuestamente, a su vez, existen dos de ellas: la explícita semántica es compartida, común a todos, universal. Nos permite saber de lo general, de que un pájaro es un pájaro y que vuela, por ejemplo, y para almacenar otros tipos de informaciones precisas como para pasar un examen de historia: que tal batalla fue en tal fecha y que en ella pelearon fulano y zutano, ¿me entiendes? —Me observa de un modo que enternece. Una mezcla de angustia, tristeza, amor. No sabe cómo consolarme. Me gusta esa sensación que transmite—. Pero la otra, la memoria explícita episódica que Eco llama, es donde se va armando la autobiografía mental de los individuos. La que nos permite reconocernos y saber con quién nos entrelazamos y cómo, hoy y ayer. Así cada uno sabe de sí, y de todas las cosas con uno relacionadas: el pasado, la familia, los amigos, los conocidos, las anécdotas propias y referidas. Ésa es la falla de memoria del individuo, del personaje del libro, quiero decir. —Su piel es un poema salpicado de pequitas. Un bodegón de maravillas con vellosidades apenas perceptibles. Vellitos amarillos translucidos como para recorrerlos por encimita hasta que se ericen y den esos escalofríos ricos que obligan a cerrar los ojos y sacudir el cuerpo. Me retiene la cara con su mano, como para asegurarse de que la veo y que la escucho y que la entiendo. Me fascina su mano en mi rostro—. El individuo no sabe quién es, que está casado, quién es su mujer, sus amantes, sus amigos; pero conoce muy bien lo que a su profesión se refiere: es librero, de libros antiguos, sabe de cada edición y encuadernación de esos incunables que ha visto, estudiado o vendido. A través de la novela, procura rehacer su memoria exponiéndose a lo que leyó o escuchó en la niñez, en la casa donde creció. —Respira despacio, pero su mirada es inquieta. Y su boca… Sus labios… Su proximidad… Su cuello invita al beso—. Tu caso es otro: lo sabes todo y no sabes nada. —Me acaricia la barbilla y pareciera que reprime las lágrimas: me quiere—. ¡Pero es que tú no te cuidas, Antonio Martínez! —Hace un puchero y arruga la frente y me sacude suave la cabeza con ambas manos. ¡Qué linda combinación de niña y madre a la vez!—. No comes. No tomas vitaminas. No descansas. No haces ejercicios. Fumas demasiado. ¡Qué locuras no habrás hecho en ese viaje, muchachito! —Me atrae a su hombro, y me acaricia el pelo. Mis ojos van sin recursos hacia sus tetas que se agitan sinuosas por el movimiento. No son muy grandes... Lucen elásticas y confortables. Dan ganas de lamerlas, acariciarlas, morderlas suavecito... ¡Y ese perfume a cítricos dulces que transpira!—. Deberías ir al médico, Antonio. Yo te acompaño. —Se inclina para verme sin apartarme de su hombro y me mira con una dulzura y una angustia contenida que me apasiona—. ¿Qué piensas?

—Que te deseo. —La frase me sale desde lo profundo, con toda la verriondez acumulada.

Me responde con un beso de lengua desesperado. Mis manos van, directo y sin escala, a sus senos. Sus lentes de sol caen al piso.

Matilde va apartándome poco a poco, y aleja su boca de la mía, sin violencia, pero firme.

Quiero más.

Mucho más.

Intento retenerla. Sus brazos son una férrea barrera que establece distancia.

—No. No es justo, Antonio... —Está roja incandescente y me sonríe con ternura, sin verme.

Me aparto, respetando su decisión, pero muero de ganas por hacer lo contrario.

Me cuenta que desde niña soñaba con este momento con su primo grande y fuerte que se quería comer al mundo y era la esperanza profesional de la familia; pero que nunca le hice caso, que siempre la vi como a una muchachita simpática y medio loca a la que le regalaba muñecas y, después, adornos, collares, zarcillos y, más tarde, discos y libros y películas en casetes. Que sufría cuando se enteraba de esas relaciones de paso que tuve con mujeres que, según ella, no estaban a mi nivel y que, lejos de impulsarme, me hundían. Cuenta que aprendió a vivir con ese sentimiento y a seguir adelante y hasta a olvidarlo y poder amar a otros y casarse y mantener una amistad linda con su primito chiquito y viejo y medio excéntrico y quisquilloso que parecía haber perdido las ambiciones y se había llenado de miedos y ansiedades y abandono. Que ha sublimado esa pasión, y que le encanta frecuentarme y cuidarme de soslayo para que no me sienta invadido en mi intimidad, pero sin que me falte nada, como los parientes cercanos que somos. Dice que hubiese dado cualquier cosa para que yo la mirara como mujer en aquellos tiempos de juventud, y que hubiésemos hecho una vida en conjunto, plena y fulgurante, pero que nunca fue, y ya no es posible.

Y menos en mi estado de confusión.

Que no es justo con ella, con su esposo, conmigo mismo.

No ha alzado la voz en ningún momento. No ha habido drama en la escena. Ha mantenido la dulzura y la sonrisa, y hasta me ha mirado a los ojos con cariño, sosteniéndome las manos en las suyas, en un intenso gesto de comunión.

Me siento avergonzado. Creo haber roto algo que no es reparable. Cómo no haberlo sabido, pero la memoria no me da para esas sutilezas. Si estuviese bien, seguro no habría perdido la compostura y abierto una herida que no me pudo pasar desapercibida. Cómo no tener conciencia de algo como eso.

—Por favor, disculpa, Matilde. No volverá a ocurrir. Lo prometo. No vayas a cambiar conmigo. Me haces falta. —Hablo sin ocultar mi afectación.

Matilde sonríe con la picardía que había perdido.

—¡No, vale! ¡Si estuvo riquísimo! Con decirte que me hacía falta sentirme deseada. —Me da un beso en la mejilla, recoge los lentes de sol, y se levanta.

Va a buscar su cartera y me comenta que de verdad la tiene preocupada mi condición, que a esas cosas de la mente es mejor atajarlas a tiempo, que después no hay manera de detenerlas y se vuelven peligrosas para el que la padece y para las personas de su entorno. Que no lo tome a broma y no le dé más largas:

—Debes ir al médico, Antonio —me exhorta al despedirse.

—¡¿Al médico?! ¡Ni se le ocurra, Martínez! —Gamboa alza los ojos, hay en ellos una mezcla de sorpresa, recriminación, incomodidad. Habla fuera de sí, casi furioso—. ¿No sabe que, para esa gente, una persona sana es aquella que no ha sido bien evaluada? Con los exámenes correctos, siempre se descubre alguna anomalía: ¡Caries! ¡Caspa! ¡Hirsutismo! ¡Halitosis! ¡Lo que sea! —Cambia el tono de voz a uno más amigable, paternal—. Si va al doctor, nunca volverá a la normalidad, Martínez. Vivirá de examen en examen: electroencefalogramas, radiografías, tomografías, resonancias magnéticas, pruebas de laboratorio, evaluaciones clínicas, test escritos, interconsultas. —Mueve las manos como repasando una lista interminable—. Así sí se va a enfermar, y enriquecerá a todo el gremio médico del país. —Sus gestos aseguran que sería una estupidez mayúscula hacerlo—. Por otra parte, comprenda que no hay nada más peligroso que un cirujano con un giro vencido. Y, con la crisis económica que tenemos, todos deben de estar desesperados por atender un caso atópico y atípico como el que usted refiere. ¿Me entiende?

Asiento con la cabeza.

Gamboa se levanta de la silla reclinable y se produce un ruidito a resortes vencidos. Rodea el escritorio, y se aproxima. Pone su mano derecha en mi hombro y apoya la zurda en el tablón.

Ahora me aconseja con su hálito a enjuague bucal:

—Debe proceder con cautela, Martínez. Para los médicos, usted podría transformarse en la gallina de los huevos de oro. El financista de sus acciones de club, de sus viajes a Europa. Lo que gana acá sería insuficiente para el montón de dinero que querrán sacarle; y no podrá producir más, sumergido en ese proceso interminable de consultas y exámenes. Se va a deprimir y, nunca, nunca jamás, va a salir de abajo. ¿Comprende?

Lo detallo, y concluyo que quiere lo mejor para mí.

Mi jefe es un buen amigo y ve las cosas con objetividad y empatía.

Tiene razón, ir al médico, para que me roben y no me solucionen nada, es una gafedad gigante.

Digo que sí, sin hablar, con un ligero movimiento del cuello, manteniendo los ojos fijos en la alfombra color indefinible del piso.

—Y ¿qué hago, señor Gamboa?

Él respira hondo y hace una mueca con la boca que le dibuja un arco convexo hacia la nariz. Está pensando.

Camina de vuelta hacia su silla tras el escritorio. Se sienta y reclina el espaldar hacia atrás todo lo que da de sí el mecanismo. Esta vez el ruido de los resortes es seco, doloroso.

—Caramba, Martínez. ¿Qué puedo decirle? No sé si recuerda, dentro de esas como lagunas mentales que dice tener, esa especie de alelamiento que padece, que soy un firme creyente de la voluntad. —Habla despacio, con mirada introspectiva. Lo escucho atento: anticipo un mensaje profundo, revelador, una verdad trascendente—. En muchas ocasiones le he comentado que, para mí, existen dos clases de personas: una, aquellas a las que les pasan cosas; y, las otras, las que hacen que las cosas pasen. Pretendo ser de estos últimos. En mi vida. En el trabajo. En cualquier actividad. —Ahora sí me observa como evaluando qué efecto han tenido en mí sus palabras; permanezco atento—. Procuro tener el control de mi vida. Parto de la base de que lo que recibo es consecuencia de lo que hago y, si me va mal, no culpo a nadie, yo soy el responsable. Siempre intento cambiar en la medida de que lo que consigo no es lo que busco. Un loco, Martínez, es aquel que espera obtener resultados diferentes, haciendo lo mismo. ¿Me sigue?

¡Claro que lo sigo! Letra por letra. Sílaba a sílaba. Palabra por palabra. Pero ¿cómo se come eso? ¿Dónde juego yo?

Soy más prudente al explicar:

—Perfectamente, señor Gamboa; sin embargo, no entiendo la relación. No creo haber hecho nada que me haya conducido a este estado.

Con un rapidísimo accionar de lengua, se humedece los labios:

—Es así —responde condescendiente, golpeando con las palmas de la mano los brazos de su silla reclinada. No le gustó mi comentario. Esa palmada es de los gestos que hace cuando algo no le gusta. (¿Cómo lo sé?)—. Ahí está la otra parte de la película. Lo que no está a su alcance. ¿Está el enemigo ciertamente afuera? —Mi jefe observa el escritorio y arruga la boca—. ¿Quiere un café? Estos temas me ponen sediento. —Aprieta el intercomunicador y yo digo «no» con el dedo—. Alicia, por favor, tráeme un cafecito y dos vasos de agua.

—Sí, señor Gamboa —se le escucha decir a Alicia con el mal sonido del aparato.

Mientras esperamos la entrada de la secretaria con lo requerido, pienso que ahora sí voy a encontrar una vía para salir adelante. El señor Gamboa es una persona sabia, exitosa, y ha vivido. Mejor maestro, imposible.

Alicia entra abriendo la puerta con una mano y sosteniendo una pequeña y brillante bandeja metálica con la otra. Sonríe con ese rictus de compromiso que nada transmite. Se acerca y coloca en el escritorio las servilletas donde depositará las bebidas. Es una excepcional malabarista, juega con el azafate, los vasos y la taza: nada cae, nada se derrama.

—Acá tiene, jefe. ¿Algo más?

—Sí, no olvides concertarme la cita con el hombre del Ministerio.

—Ya está acordada, señor Gamboa. El viernes a las once, como lo pidió.

—¡Veinte puntos, Alicia! Muchas gracias.

La secretaria se retira con la bandeja y cierra la puerta tras de sí. Gamboa rompe un sobre de edulcorante y se lo echa al café. Lo revuelve y lo toma despacio.

Un proceso convulso está ocurriendo en su mente. Se aprecia en el salto recurrente de sus cejas. En el parpadear repetido. En el contoneo de las alas de la nariz. Debe de estar ordenando sus ideas para expresarlas de forma clara y directa como es su estilo.

Termina y deposita la taza en el plato sobre la servilleta. Agarra el vaso. Sorbe apenas lo suficiente para refrescarse, y lo devuelve al escritorio.

Estoy expectante, sin moverme, mirando al señor Gamboa.

—Martínez, Martínez, Martínez. —Habla con una sonrisa. Una sonrisa cordial, condescendiente, casi humillante—. Usted es un buen gerente. Quizá no es el mejor gerente del mundo, pero un buen gerente. Ha tomado cursos, seminarios, talleres, programas. Se ha expuesto a situaciones interesantes y las ha resuelto más o menos bien. Allí está el contrato con Sepúlveda, impecable. Incluso ahora, con todo y esa rara amnesia con memoria que dice sufrir, su desempeño es satisfactorio. Usted sabe lo que hay que hacer y cómo hacerlo. Dentro de sí, lo sabe. Hágalo, y salga de una vez de ese rollo psico-loco que lo preocupa.

Gamboa no quiere seguir; estos temas personales no son de su real interés, y la charla se ha extendido más allá de lo que hubiese deseado o soporta. Está sacando el balón de su cancha de la manera más elegante que encontró.

No me conformo con esas singulares palabras que simulan un halago.

—Caramba, señor Gamboa —le digo, sin levantarme de la silla como seguro él espera—. Quedo igual. Así, prefiero ir al médico y que me expriman y me dejen en la miseria y me revisen todas las células y moléculas y cromosomas y qué sé yo. Ya comenzó a hablar, y lo que me dice luce como una vía hacia una solución. Oriénteme. De verdad necesito su consejo.

Gamboa está evidentemente incómodo. Cruza los brazos y me mira como indeciso entre mandarme a salir o mantener la buena educación. Sonríe. Sus ojos se achinan tratando de ir, a través de los míos, a la profundidad de mi cerebro.

Súbitamente, sus mejillas contraídas se relejan. Descruza los brazos. Su lengua humedece los labios.

Ha optado por contestar.

Aprobé su examen.

—Vamos a ver. —Cierra los párpados como cuando quiere encontrar una alternativa a una opción de negocios; lo que él llama, mirar fuera del cajón.

Demora unos minutos en estado como de trance.

Ahora sí bebo del agua que Alicia me trajo.

Gamboa comienza a hablar sin abrir los ojos, como si los párpados impidiesen la fuga de las ideas. Modula las palabras y hace pausas entre las frases y oraciones. Parece dictar un memorándum.

—Dos cosas, Martínez. Una, convierta las adversidades en oportunidades. Debe ver lo que le ocurre, no como un problema, no como algo que lo hunde, sino como un chance para estar mejor. Siente no tener pasado. ¿Qué ventaja puede sacar de ese hecho? Usted debe responderse, y actuar en consecuencia. Dos, viva el hoy y el ahora en función de metas. Visualícelas. Convénzase de que son posibles. Permita a las fuerzas del universo destrabar el mecanismo y obrar a su favor. ¿Tiene metas, Martínez? ¿Puede tomar el control de su vida? Eso también se lo debe responder usted solito. ¿Satisfecho?

Gamboa abre los ojos y se levanta. Presenta el cansancio propio de un médium después de una exigente sesión con espíritus perversos. Viene hacia mí y me tiende la mano. Me incorporo y se la estrecho. Necesito hacerle otras preguntas, mas anticipa mi acción, y corta:

—Pero, el mejor consejo de todos, Martínez, es el que siempre le he dado. Búsquese una novia y échele unos buenos polvos todos los días.

Muerto de la risa, me acompaña hasta la puerta.

Atrévete te te, / salte del clóset / destápate, quítate el esmalte. La música viene del cubículo de Rafael, el pasante de Mercadeo. Un muchacho inteligente que está terminando su preparación como mercadólogo en el área de Investigación de Mercados. Analiza encuestas y los reportes de la fuerza de ventas. *Préndete, sácale chispas al estárter / Préndete en fuego como un lighter.* No debería tener música con ese volumen en la oficina, pero uno hace la vista gorda y lo deja tranquilo. *Levántate, ponte hyper /*

Sacúdete el sudor como si fueras un wiper / Que tú eres callejera, Street Fighter. Parece que ese ruido le da concentración para evaluar los números. Su trabajo es impecable y siempre tiene comentarios orientadores. *Cambia esa cara de seria / Esa cara de intelectual, de enciclopedia / Que te voy a inyectar con la bacteria / Pa' que des vuelta como máquina de feria.* Si hubiese visita, o si la licenciada de Personal estuviera por allí, sería otra cosa. Maite, la secretaria del Departamento, ya le habría avisado para que apague y nos evite un mal rato a todos. *Señorita intelectual, ya sé que tienes / el área abdominal que va a explotar / Como fiesta patronal, que va a explotar / Como palestino...* Algo familiar tiene ese ritmo, como si me provocara recuerdos que no afloran. Como si estuvieran en el umbral a punto de lanzarse y no terminan de decidirse. Como una palabra en la punta de la lengua, pero en la memoria. *Yo sé que a ti te gusta el pop-rock latino / Pero es que el reggaeton se te mete por los intestinos / Por debajo de la falda como un submarino.* Por primera vez siento que hay algo que pueda permitirme asir una punta del pasado, como si pudiera halar un hilo y destejer el suéter de recuerdos que debo de tener perdido en alguna parte del escaparate de la cabeza... *Y te saca lo de indio taíno / Ya tú sabes, en taparrabo, mamá / En el nombre de Agüeybaná / No hay más na´.* Pero ¿de dónde puedo tener arraigos con ese reggeaton tan juvenil, tan ajeno a mi edad y a mis costumbres? ¿Qué novia o qué pasión o qué acto se puede acompañar con esa banda sonora en la película de mi vida? *Para qué te voy a mentir / Yo sé que yo también quiero consumir de tu perejil / Y tú viniste amazónica como Brasil / Tú viniste a matarla como Kill Bill / Tú viniste a beber cerveza de barril / Tú sabes que tú conmigo tienes refill.* ¿O será uno de esos tipos de memoria de las que me habló Matilde? ¿Será un recuerdo vulgar, sin relación cierta conmigo? La habré escuchado en algún paseo dominical, en alguna concentración callejera, en algún taxi vía al aeropuerto, o, tal vez, acá, en la oficina; el mismo Rafael, en otra oportunidad, con esa manía que tienen los jóvenes de repetir y repetir una canción, una y otra vez, hasta el desgaste. *Atrévete, te, te, te / Salte del clóset, / destápate, quítate el esmalte / Deja de taparte que nadie va a retratarte.* Gamboa tiene razón, debo dejar de perseguir fantasmas. ¿Para qué? ¿Qué trascendencia pueden tener? Cuál sería el aporte de esas vivencias, si, en lo práctico, con lo que conozco, tengo el suficiente control de mi entorno. Puedo actuar e interactuar. Vivir, trabajar. ¿Qué gano con saber dónde escuché antes este ritmo pegajoso, estridente, monótono? ¿De qué manera me beneficiaría? ¿Es acaso diferente con cualquier otra de las cosas de las que creo no recordar y, sin embargo, recuerdo? *Levántate, ponte hyper / Préndete, sácale chispas al estárter / Préndete en fuego como un lighter / Sacúdete el sudor como si fueras un wiper / Que tú eres callejera, Street Fighter.* Usted es un buen gerente, dijo Gamboa. Y sí, claro que lo soy. Allí está el contrato con Sepúlveda. Impecable, me dijo; y es verdad. *Hello, deja el show / Súbete la minifalda / Hasta la espalda / Súbetela, deja el show, más alta / Que ahora vamo'a bailar por to'a la jarda.* Incluso ahora, con todo y ese estado raro de amnesia con recuerdos que dice padecer, se ha desempeñado impecablemente, dijo. Sin duda, impecablemente. *Mira, nena, ¿quieres un sipi? / No importa si eres rapera o eres hippie / Si eres de Bayamón o de Guaynabo City.* Usted sabe lo que hay que hacer. Dentro de sí sabe qué hacer y cómo hacerlo. Hágalo y salga de una vez de ese rollo psico-loco que lo está preocupando. ¡Claro que sí! *Conmigo no te pongas picky / Esto es hasta abajo, cógele el tricky / Esto es fácil, esto es un mamey.* Convertir las adversidades en oportunidades. ¡Por supuesto, por supuesto! ¡Y *p'al* carrizo los enfermos! *¿Qué importa si te gusta Green Day? / ¿Qué importa si te gusta Coldplay? / Esto es directo, sin parar, one-way.* Vivir el hoy y el ahora en función de las metas. ¡Metas! ¡Establecerme metas! Vivir el hoy. ¡El pasado no existe! ¡El futuro lo construimos cada día! ¡Claro que es así! *Yo te lo juro de que por ley / Aquí todas las boricuas saben karate / Ellas cocinan con salsa de tomate / Mojan el arroz con un poco de aguacate / Pa' cosechar nalgas de 14 quilates.* ¡Búsquese una novia, y échele unos buenos polvos, Martínez! ¡El señor Gamboa es un sabio, carajo! *Atrévete, te, te, te / Salte del clóset, / destápate, quítate el esmalte / Deja de taparte que nadie va a retratarte...*

Estoy eufórico. «Hyper». Encendido como un «ligther». Me siento ansioso y agitado. Camino de aquí para allá por el apartamento. Busco un cigarro. No encuentro. Monto café. Me sirvo agua. Abro y cierro la nevera. Me siento y escribo en automático frases incongruentes esperando una revelación que no llega.

Definitivamente debo tomar el control de mí. Sacar provecho a la situación. Convertir problemas en oportunidades. Fijarme metas. Objetivos.

Ajá.

¿Y cómo?

Prendo y apago la televisión. Pongo música. Cambio el disco. Nada me entusiasma. Nada me ayuda a concentrarme.

Voy al cuarto. La cama es un desastre. Abro el clóset. Veo la ropa mal colgada. Chequeo los bolsillos de las chaquetas. Doy dos vueltas. Reviso en la mesa de noche.

No. No hay cigarros.

Regreso.

Tomo café. No concluyo la taza y boto el remanente en el lavaplatos. Tiene una costra mugrienta y aceitosa. Tampoco hay jabón de lavar. Tan sólo enjuago el recipiente con el agua que sale tartamuda por el grifo. La dejo allí, escurriendo.

Reviso los anaqueles de libros amontonados y sin concierto. ¿Cómo puede haber tanto polvo y telarañas en un solo sitio? Leo los títulos por si asoman claves secretas.

Agarro y abro alguno al azar. Una chiripa me sorprende y salta ágil y veloz lejos de mi alcance. *Los siete hábitos de la gente eficaz*.

Stephen R. Covey, iniciando el segundo capítulo del libro, cita a Aristóteles: «Somos lo que hacemos día a día».

Miro al techo. Hay humedad y hongos negros y grises y verdes. Odio esa lámpara de luz tan pálida y pantalla herida.

Y afirma: «Los hábitos son factores poderosos en nuestras vidas. Dado que se trata de pautas coherentes, a menudo inconscientes, de modo constante y cotidiano expresan nuestro carácter y generan nuestra eficacia... o ineficacia».

¡Eso es!

¡Mis hábitos!

¡Esta vida decadente que vivo!

Continúa: «Sé que los hábitos no son irrompibles; es posible quebrarlos. Pueden aprenderse y olvidarse».

¡Cambiar de hábitos, de estilo de vida!

¡Ése es el primer paso!
¡Ése es el objetivo!

«… hacerlo», continúa el autor, «supone un proceso y un compromiso tremendo…».

Un cigarro, necesito un cigarro.

Estoy viendo luz, una vía, un camino, una autopista…

¡Coño, se está dando el sincronismo del que hablaba Jung!

Me duele todo. El dolor me hace descubrir lugares ignotos de mi cuerpo. Lugares cuyos nombres y ubicación exacta desconozco, pero que duelen como el carajo.

No importa. Me alegra que así sea. Dicen que a una edad determinada, si no amaneces dolorido, estás muerto. Hay que alegrarse de que el dolor se manifieste como síntoma feliz de estar vivo. Y me siento vivo y feliz, por el dolor y porque él es la huella sensible, concreta, palpable, de mi determinación, de mi voluntad, de mi esfuerzo.

Mente sana en cuerpo sano, decían los antiguos griegos, y hoy salí a trotar.

Me levanté a las cinco, arreglé la cama, me cepillé los dientes, me puse ropa guerrera y zapatos de goma, y salí a comerme la calle.

Diez metros troté.

El corazón se agitaba descontrolado. La respiración, entrecortada, era ineficiente. Las batatas se contraían inflexibles, tetánicas, claudicantes. Un dolor en el costado izquierdo del vientre me hizo doblar. Sentí seca la boca. Sudé frío…

¡Ay mi madre!

Me asusté.

Me apoyo en la pared de un negocio, en la calle. Quiero descansar un ratico. Recuperar el ritmo de la respiración. Apaciguar los latidos de este órgano desbocado que quiere salírseme del pecho por la boca. Me doblego en ángulo recto de cara al piso, apoyando las manos sobre las rodillas. El sudor cae a cántaros por mi frente. Debo estar pálido.

—¡Qué va! —jadeo—. Mucho esfuerzo para el primer día.

Los viandantes me miran de reojo, temerosos, y apuran el paso; no vaya a ser que este maldito viejo se les desmaye a los pies y el destino los ponga en la obligación de ejecutar un acto de caridad que les complique el día.

Me importa un pito.

Cierro los ojos. Tomo una bocanada de aire incorporando el torso. Alzo los brazos para favorecer la respiración. El ritmo medio retorna.

Ahí voy de nuevo.

Pa´lante como el elefante.

En vez de trotar, mejor camino.

Caminar rapidito como esos atletas mexicanos de la marcha olímpica. El asunto es moverse, hacer circular la sangre, activar el corazón. Favorecer la irrigación cerebral. Romper el sedentarismo asesino de estos tiempos. Para estar sano, vivir más, vivir mejor.

O despacio.

Cuál es el apuro, si nadie me está esperando.

Cualquier movimiento ya es ganancia.

Como si paseara. No hay que matarse. ¿Para qué?

—¡Qué sano estaba cuando murió! —comentarían en mi velorio—. ¡Qué cadáver tan saludable!

Absurdo.

Una vuelta a la manzana, caminando: poco a poco se llega lejos.

¿Viste?

Otra vuelta, vamos, que sí se puede.

Un poco más rápido esta vez.

Ajá.

Ahora sí.

Otra.

Regresé muerto. Dormí en el sofá hasta el mediodía.

Debería inscribirme en un gimnasio.

Todo me duele.

Estoy contento.

Voy a la farmacia.

Recorro los pasillos leyendo los rótulos de las cajas de los medicamentos sin prescripción que se exhiben en las góndolas y anaqueles.

Nunca figuré la cantidad y variedad de vitaminas y productos similares que están disponibles en cajas y empaques disímiles, múltiples tamaños y colores inimaginables, a lo largo y ancho de los estantes de una farmacia. Para niños. Para mujeres embarazadas. Para adolescentes. Para atletas. Para sedentarios. Para ancianos. Para hombres. Para diabéticos. Para el cuidado de los ojos. Para el cuidado del corazón. Para ejecutivos expuestos al estrés. Para mujeres en la menopausia. Para mujeres en la perimenopausia. Vitaminas con minerales. Vitaminas con minerales y oligoelementos. Vitaminas con minerales y aminoácidos. Vitaminas con omega tres. Vitaminas con antioxidantes. Vitaminas con licopeno. Vitaminas con extracto de uvas. Vitaminas de la A a la Z. Vitaminas con minerales, oligoelementos y ging sen. ¡Energía vital! Pastillas de zinc. Caramelos de calcio y vitamina D. Vitamina D con calcio y magnesio. Estimulantes del apetito. Depresores del apetito. Para huesos y dientes fuertes. Para músculos potentes. Para fortalecer las defensas naturales del organismo. Para adelgazar. Para engordar. Para dormir mejor. Para mantener el estado de alerta. Para el cuidado del cabello y de las uñas. Para una piel tersa y lozana…

Estoy confundido. Enredado.

Decido preguntar.

La farmacéutica, una chica joven, quizá recién graduada, con el cabello recogido en un moño que la hace ver un poco mayor, y una bata blanca que le queda anchísima, me mira tras sus lentes negros de pasta con una compasión vergonzante y, conteniendo la risa, me recomienda, para apuntalar la memoria, un producto muy popular en Europa y en los Estados Unidos: *Ginkgo biloba*.

—Es cien por ciento natural —me dice, insinuando que es seguro y sin efectos indeseados.

Natural, pienso, como el tabaco, el café, el curare, la yuca amarga, el veneno de culebra o el de escorpión. ¿Por qué habría de ser inofensivo? No le digo nada. ¿Para qué?

Ginkgo biloba: el árbol que sobrevivió a la bomba atómica. ¡Para no olvidar!; asegura el folleto publicitario.

Lo compro.

Intento informarme un poco más y, en Internet, leo:

«El extracto de las hojas del árbol de *Ginkgo biloba* ha sido usado por miles de años por los chinos como remedio y alimento. Contiene potentes antioxidantes llamados flavoglicosidos que han demostrado poseer un efecto neuro-protector en modelos de animales con daño en la medula espinal.

»Diversos estudios clínicos han comprobado que favorece el flujo sanguíneo cerebral y la microcirculación, protege de la hipoxia, mejora la reología sanguínea —incluyendo la inhibición de la agregación plaquetaria—, beneficia el metabolismo tisular y reduce la permeabilidad capilar.

»Se utiliza en el tratamiento de demencia asociada a degeneración neuronal. El *Ginkgo* mejora las funciones cognitivas, como la pérdida de memoria. También retrasa el deterioro mental en la demencia».

No entiendo mucho, pero suena bien. Al parecer, hay evaluaciones y ensayos científicos serios tras toda la palabrería publicitaria de las casas que venden suplementos alimenticios y nutracéuticos.

Listo. Véngase una cápsula.

¡So, caballo!

¡Espera!

Mira esto:

NutraIngredientes-USA.com. Stephen Daniells:

«La planta de *Gingko biloba* podría no reducir la tasa de demencia o enfermedad de Alzheimer según el estudio GEM *(Ginkgo Evaluation of Memory)*, cuyos resultados publica el nuevo número del *Journal of the American Medical Association.*

»Estos hallazgos retan a los de ensayos clínicos previos —conducidos en Alemania y Francia—, donde se observa una mejora significativa a largo plazo de la función cognitiva en ancianos con demencia que han sido suplementados con *Ginkgo.*

»El GEM involucró 3,069 voluntarios con una edad promedio de 79,1 años. La mayoría de los participantes tenían un correcto funcionamiento cognitivo (2.587), mientras los otros 482 presentaban deficiencias leves al iniciar el estudio. Los voluntarios fueron aleatoriamente agrupados para recibir o una dosis diaria de placebo o 120 mg de extracto del *Gigko biloba* dos veces al día.

»A lo largo de los 6,1 años que duró la evaluación, 246 participantes en el grupo placebo (16,1 por ciento) y 277 en el de *Ginkgo biloba* (17,9 por ciento) fueron diagnosticados con demencia. Los investigadores reportan que no hubo diferencias estadísticamente significativas en la tasa total de la enfermedad, o en la particular de Alzheimer, entre ambas camadas.

»"Hasta donde sabemos, éste es el ensayo clínico más largo, poderoso y adecuadamente aleatorizado que se ha realizado para evaluar el efecto de *G. biloba* sobre la incidencia de demencia", señaló el autor-líder Steven De Kosky de la Universidad de Pittsburg.

»Por su parte, en la editorial que acompaña a la publicación, Lon Schneider de la Universidad de Southern California, Los Ángeles, afirma que este nuevo estudio "aporta una sustancial evidencia contra la idea generalmente aceptada de que *Ginkgo biloba* previene la demencia en individuos con o sin deficiencias cognitivas y, definitivamente, no es efectivo para la enfermedad de Alzheimer"».

Más contundente no puede ser. Seis años. Tres mil pacientes. Ninguna diferencia. Da lo mismo tomarlo que no. Listo. No perdamos tiempo, ni real. A la basura.

¡Epa!
¡Aguanta!
No te desboques.
Esto sigue.

«Gran controversia se ha generado ante la publicación de los resultados del estudio GEM en JAMA. Los propios autores del trabajo reconocen una importante debilidad en el mismo: "En la actualidad existe un marcadísimo retraso entre el momento en el cual se inicia la lenta y larga cascada de cambios que conducen a la demencia, hasta que es clínicamente diagnosticable. Es posible que el efecto del *Ginkgo biloba*, positivo o negativo, tome mucho más años en manifestarse que el que duró el estudio".

»Las asociaciones comerciales de USA han contraatacado rápidamente. Daniel Fabricant, PhD, Vicepresidente para Asuntos Regulatorios y Científicos de la Asociación de Productos Naturales, ha calificado al ensayo de "Irrelevante. *No sólo está en abierto contraste con otras investigaciones muy serias y reconocidas, sino que presenta, a mi juicio, dos limitaciones insoslayables*", dijo Fabricant. "Uno: sólo evalúa personas con casi ochenta años, las cuales tienen una altísima posibilidad de sufrir Alzheimer, mientras ignora a aquellos de mediana edad, donde los riesgos de desarrollar la enfermedad crece rápidamente y la prevención podría ser mejor analizada. Dos: excluye completamente cualquier consideración al fuerte y bien establecido rol que la historia familiar juega en el Alzheimer. Ni lo analizan, ni lo evalúan en la población muestral. Es como estudiar el clima sin considerar de variables al viento y la lluvia.

»Y concluyó: "Desafortunadamente aún no existe un medicamento comprobado para tratar o prevenir el Alzheimer, pero reputados investigadores han demostrado que el *Ginkgo biloba* puede jugar un rol sustancial en mejorar los síntomas relacionados con esta enfermedad terriblemente incapacitadora, y en el potencial retraso de su activación o inicio (On-set)".

»Por su parte, Michael McGriffin, presidente de la American Herbal Products Asociacion, añadió: "El estudio de ninguna manera debilita o afecta lo que ya ha sido observado con respecto a la utilidad del extracto de *Ginkgo*... Provee una significativa mejora en la sintomatología de las personas que ya sufren demencia o la enfermedad de Alzheimer. Eso es irrefutable"».

Y ¿entonces?

¿Es o no es?

¿Lo tomo o no lo tomo?

Qué cara...

Más se perdió en la guerra.

«Se regala este rancho» es el aviso que realmente me gustaría poner a la entrada del apartamento. Destruirlo y volverlo a construir. Mudarme a algo más alegre, moderno. De ladrillos rojos y ventanales amplios por donde entre la luz del sol.

Ya llegará la oportunidad.

Todo tiene un tiempo y una ocasión.

Por ahora, limpio y acomodo.

Me deshago de lo inservible, de lo roto, de lo raído, de lo que no tiene reparación.

Lo voy colocando en bolsas plásticas negras de basura para bajarlas una vez termine.

No evalúo opciones.

Si no sirve, se va.

Es fácil, nada parece tener significado para mí. Ningún apego afectivo existe entre estas cosas y yo.

Mejor.

Sacar ventaja del infortunio, como aconsejó el señor Gamboa.

Una oportunidad para renovarse.

Igual hago con la ropa. Me niego a seguir usando esas piezas desgastadas y míseras. El hábito hace al monje, en este caso. Soy lo que parezco, y no quiero parecerme a lo que soy.

Mañana iré de tiendas o a un sastre y construiré una imagen nueva de mí.

Cambio los bombillos quemados.

Aceito bisagras.

Limpio la cocina, el *pantry* y la nevera. ¡Cuánta cochinada hedionda, caray!

Me esfuerzo en la taza del lavaplatos: detergente en polvo, una esponja metálica, y fregar a todo pulmón.

Varias veces.

Increíble cómo reluce.

El baño queda para mañana. Requiere un esfuerzo adicional y ácido muriático.

Fumigo con aerosol por todas partes, y esparzo por rincones, junturas, rendijas, desagües, gabinetes y clóset un polvo blanco que según el instructivo aleja chiripas y cucarachas.

Con paciencia, cazo y desmonto telas de araña. En el proceso voy detallando fallas de la pintura en las paredes. Nuevas zonas con moho y humedad, menos conspicuas que las del techo, aparecen. Debo contratar a alguien para atender el tema. Anoto el punto en el bloc, en la lista de materias pendientes.

Desempolvo los anaqueles del librero, pulo las maderas con aceite de teca.

Ordeno los libros, los discos, los DVD que he decidido conservar.

En una caja de cartón, voy guardando todas estas fotos que tristemente colgaban en las paredes o rellenaban los marcos antiguos de los portarretratos de la sala. Irán al fondo del clóset, por si algún día los afectos regresan. Por ahora, ¿para qué exhibir imágenes de personas que ni conozco? Que liberen el espacio para los amores por conocer.

Escribo en mi cuaderno de notas las posibilidades de menú semanal para una dieta baja en grasas y calorías, pero sana y sabrosa como recomienda este libro de cocina que he encontrado en el anaquel de la sala.

Listos los ingredientes que debo comprar: pollo, lechugas, leche descremada, sardinas, aceite de granola, tomates, germinados de soya, avena, brócoli, acelgas, ajo, pan integral, salvado de trigo, arroz salvaje, miel de abejas, frutas de estación...

Ahora, en la noche, haré mercado.

A pie de página escribo:

¡Antonio Martínez, te estoy mandando a la mierda!

Al llegar al edificio de la oficina, en la planta baja, me encuentro con el señor Gamboa. Si no lo conociera como lo conozco, pensaría que me está esperando. Aún no ha pasado por su despacho, lleva el traje completo —incluida la chaqueta— y el paraguas.

Me pregunta si ya tomé café, y me invita a acompañarlo.

No es común que mi jefe tenga ese gesto. Normalmente anda solo. Únicamente en los viajes, o cuando estamos en reunión, comparte con los empleados, no importa el nivel o el cargo. Quizá quiera hacerme una consulta, sin riesgos de que nos escuchen. Tal vez ha surgido alguna nueva oportunidad de negocios o haya algún problema delicado que quiere discutir fuera del espacio laboral.

No puedo despreciarlo.

Cruzamos la calle hacia la pequeña cafetería de un italiano que hace un café expreso de primera, fuerte y aromático, como Dios manda.

Por la hora, hay mucho movimiento en la barra; pero las mesas están desocupadas: todos piden para llevar.

Ordenamos dos bien fuertes, como para hombres, y nos sentamos en una de las mesitas al fondo del negocio, el área menos transitada.

Gamboa le pone aspartamo al suyo, yo lo tomo sin endulzar, disfruto el amargo del café.

—No lo reconozco, Martínez —me suelta directo el señor Gamboa, al tiempo que agita la cucharita en la taza para disolver el edulcorante—. Y me contenta.

Presto atención, ¡rarísimo que planteé temas personales!

—Usted es un hombre nuevo. Transmite seguridad en sí mismo. Dejó el cigarrillo. Es obvio que hace ejercicios. Perdió la barriga. Se afeita a diario. Viste y huele bien. Sonríe con frecuencia.

Ahora se inclina sobre la mesa que nos separa, para acercarse, cuidando no engarzar la corbata con el reborde de aluminio, ni mancharla con el café, y baja el tono de voz como para compartir un secreto.

—Parece que siguió mi consejo, Martínez: ¡usted tiene novia!

Sonrío alegre con el comentario. Me gusta que se perciba mi cambio, que mi jefe observe mis avances; la fraternidad y deferencia con la que me lo dice. Me siento honrado.

—¡Ay, señor Gamboa, usted y sus cosas! —y, con arrebol, muevo la cabeza negando.

—Es en serio, Martínez. —Regresa hacia atrás, en su silla; pero mantiene el tono de confidencias—. Entre usted y yo, ¿tiene novia?

Bebo un sorbo del café sin dejar de mirar la cara endiablada y divertida de mi jefe. Su interés es auténtico: me aprecia.

—La verdad, aún no, señor Gamboa —y le guiño un ojo—. Pero tengo candidata.

3. *Let's Fall in Love*

Pudiera acostumbrarme a tu pecho, Antonio. Es suave y fuerte. Me hace sentir segura y protegida. Me encanta apoyar mi cabeza en él y oír tu respiración lenta y profunda; el tu-tuc, tu-tuc sincopado de tu corazón. Recorrerte así la piel, con la yema de los dedos, acariciarte los vellitos y palpar la erección de tus tetillas. ¡Cómo me agrada tu calor y tu perfume! Es como flotar en una piscina, con los ojos cerrados, mimada por la brisa fresca durante una bochornosa tarde de julio. Lo más próxima que he estado, al sosiego, en muchos meses.

¿Sabías que Antonio significa «flor»?

¡No te rías, tonto!

¿Por qué ustedes los hombres siempre se toman a broma estas cosas?

¡Como si fueran cómicas!

Los nombres son importantes, Antonio. Marcan la personalidad. Influyen sobre el ser, sus actos, sus logros, su comportamiento.

¿No lo crees?

Pero es así.

Gente seria lo ha estudiado. Existe toda una ciencia a su alrededor. Busca sus raíces, sus implicaciones, y los relaciona con las culturas y las maneras de ser de los pueblos: la antroponimia, la onomástica. Se han escrito un montón de libros sobre el tema. Y, aunque te mofes, gafito, mucho de verdad hay allí.

No, no soy una experta, y no te burles. Pero me gusta y me interesa.

Una tarde, en la universidad, revisando bibliografía para una de esas tareas que nos mandaban, me topé en los estantes de la biblioteca central con un diccionario onomástico. Un libro gordo de papel biblia cocido, con cubiertas y lomo de cuero repujado, y un par de gusanillos rojiverdes propensos a desmoronarse. Del título y el autor quedaban los rastros ocres de unas letras que en sus días debieron de ser color oro. Curiosa, jugando, me puse a buscar el nombre de los amigos y familiares. Inmersa en esas páginas leves, mancilladas en las esquinas por lectores negligentes que alguna vez las doblaron; se me fueron las horas y no terminé el trabajo que había ido a preparar.

Pero valió la pena.

Pude explicarme muchas cosas.

Mi padre se llamaba Ulises. De segundo, Toribio. Ulises Toribio. Suena gracioso, ¿no? Yo también me reía cuando era niña: «¡Pero qué feo!, ¡horroroso!». Nunca se lo dije, no se fuera a poner bravo. Me daba miedo. No quería que se alterara conmigo.

Esa tarde, Antonio, leí en la biblioteca de la universidad:

«Ulises: El que odia, el que tiene rencor».

Me quedé pensando, y busqué Toribio.

«Ruidoso, estrepitoso, turbulento».

Y así era papá: violencia pura, incontrolada, como si aversara al mundo entero, y, en particular, a nosotras que estábamos allí, cerquita, para recibir las pruebas de su rabia, de sus frustraciones. Un fosforito. Por todo se encendía. Por la cosa más nimia entraba en combustión. El cobro de la luz. La matrícula del colegio. La basura en la calle. El calor del verano. Las lluvias de mayo. No te imaginas sus escándalos, sus groserías, sus insultos, sus patadas al piso, sus manoteos al aire, sus golpes mudos contra las paredes, contra los muebles...

No. A nosotras, no. Nunca. Pero sentíamos que sí. Nos asustábamos. Al menos yo. Me encerraba en mi cuarto y rezaba «ángel de mi guarda, dulce compañía, no me desampares ni de noche ni de día».

Ya más grande, no le paraba: él es así, qué se le va a hacer.

Luego, cuando me vine a la universidad, estaba muy lejos para que me alcanzaran sus gritos.

Antes de leerlo en el diccionario, pensaba que papá tenía esos arranques de cólera por sus constantes fracasos. Porque no le había ido bien en los negocios, y se enfurecía porque las cosas nunca iban como él deseaba. Esa tarde comprendí que el asunto era al revés: todo le salía mal por su ira y por su odio, por su agresividad incontrolada, y que estaba condenado a sufrirlo desde que le echaron el agua en la pila bautismal.

Mamá le soportaba su carácter y sus desplantes y sus maltratos con una humildad y mansedumbre que nuca entendí. Su formación cristiana, pensé. Miedo a no tener sustento. Temor al qué dirán... Pobrecita.

Pero no.

La razón era otra.

Se llama Raquel, es decir: Oveja.

Así anda el mundo, Antonio querido: los Ulises persiguiendo Raqueles, y Raqueles buscando a sus Ulises. Como en el chiste de la masoquista que se casa con el sádico. ¿Lo conoces?

En la noche de bodas, la mujer, en la intimidad, ya desnuda, desde la cama, le pide al hombre, en voz bajita, temblequeante, con el miedo galopándole el deseo:

—¡Pégame!

Él la mira con furia. Con una perversidad terrorífica, se aproxima a ella y, con expresión macabra, en el paroxismo de la excitación, responde:

—¡Jamás!

Ahora sí deberías reírte, maluco.

Anda, compláceme. Una sonrisita. ¿Sí?

Mira que, si no, te hago cosquillas.

Así me gusta.

Tienes una sonrisa bella, mi flor. Te alumbra la cara. Matiza el resplandor de tus pupilas. Te hace aún más atractivo de lo que eres.

Nunca dejes de sonreír.

¡Ojo!, cuando corresponda.

A mí me pusieron Myriam por una abuela paterna de papá. Una mujer que sufrió mucho en los años terribles de las guerras europeas de principios del siglo pasado. Varios de sus familiares —padre, madre, hermanos, primos, su única hija— murieron por una peste de gripe que diezmó al universo. Vio cómo mataban a sus dos hijos mayores —de quince y trece años— en batallas que, por sus edades, no pelearon. Su esposo falleció huyendo hacia las montañas para no ir al frente. Dicen que cayó, o lo tiraron, por un despeñadero. No le autorizaron ver el cadáver: al parecer ya estaba descompuesto y picoteado por las alimañas. Con su hijo menor de la mano, padeció cárceles y privaciones. Lograron escaparse, y venir a la América en un vapor maltrecho, atestado de gente y mercancías. Los únicos sobrevivientes de una familia que alguna vez fue muy amplia.

Papá la adoraba. En las muy raras ocasiones en que por las noches se servía un ron con coca-cola, al final de un cumpleaños, de un día del padre, de la cena de Navidad o de Año Nuevo —que si algo extraordinario y meritorio tenía Ulises Toribio, era que no bebía—, la añoranza le aguaba los ojos. Entonces prendía el *pick-up* y ponía música de Los Panchos, de Bienvenido Granda, de Armando Manzanero y, alrededor de la mesa de la cocina, mientras mamá terminaba de recoger y lavar los platos, los cubiertos, las copas que se habían usado, nos contaba sus recuerdos de infancia. Y, siempre, Antonio, siempre, dejaba colar alguna historia con su abuela Myriam y sus famosísimos dulces. Papá, tan tierno en esos momentos, decía que, de niño, ella era su lugar de remanso y ternura. Allí acudía cuando estaba abatido y necesitaba consuelo. Siempre halló una caricia, un beso, un consejo y las mejores rosquillas de anís que ha comido en su vida. Una mujer como muy pocas, fuerte de temple y voluntad, según afirmaba, pero a la cual, todas esas privaciones y sufrimientos que padeció en Europa, le permitieron cultivar, macerar, embarricar y añejar una reserva única de cariño, especialmente para él.

Lo que papá no sabía, no imaginó, es que, al bautizarme así, me condenaba a cargar con el sino de mi bisabuela, en otros tiempos, y de otra forma.

¿Sabes qué significa Myriam?

No está muy claro. Lo he revisado en varios libros diferentes, y cada uno tiene su versión. Para que veas lo complicado que es eso de la lexicografía.

Hay quienes afirman que es «estrella de mar». Bonito, ¿no? Poético. ¿Las has visto? Las venden en tiendas de suvenires. Parecen como de madera y las barnizan. Adornan bares y casas de playa. Ya muertas, claro. ¿No sabías? Son animalitos. Sí. Equinodermos como los erizos. Viven en el fondo marino, sobre las rocas, en medio de las algas y se comen a otros bichitos: cangrejos, camarones, mejillones, almejas. Qué buen gusto, ¿verdad? Caminan tomando agua por la boca y lanzándola por dentro hacia sus cinco paticas. Un mecanismo hidráulico. Una maravilla de la naturaleza. ¿Quieres ver? Mira. La boquita la tiene acá en el ombligo. ¡Ay, tienes cosquillitas! ¡Qué rico! Entonces toman agua en un buche grandote. Así. Y luego, bien pegadas a la superficie, empujan la bocanada y mueven sus paticas arrastrándose hacia su objetivo... ¡Deja, que te voy a hacer! Aguanta. Fluit-plop. Fluit-plop. Fluit-plop. ¡Mua! ¡Eso es! ¿Viste? ¡Ah, te gustó! ¡Se te puso la carne de gallina! Y... ¡Ah, quieres más, picaroncito! Pues, no, te quedas quieto que te estoy contando. Y otros autores aseguran que Myriam equivale a «señora», y, las señoras, amor de mis amores, no hacen esas cochinaditas sabrosas que estás buscando. ¿O no?

Así me gusta.

Formal.

Si te portas bien, después te doy tu gelatina.

Hay los que sugieren que mi nombre traduce «amargura». ¿Puedes creerlo? Hasta existen quienes lo señalan como «contumaz» y «amada por Dios», ¡al mismo tiempo!

¡Qué lío!

¡Un kilo de estopa!

Pero, conociendo la historia de mi bisabuela y después de haber pasado por ciertas circunstancias, te puedo asegurar, Antonio de mi vida, que, a las señoras Myriam, así Dios las ame, las estrellas las llevan contumazmente por el mar de la amargura.

¡Deja de sonreírte a destiempo, chico loco!

¿Melodramático?

Es en serio, bobo. Es así.

Estoy hablando en serio.

Con el corazón en la mano.

Si serás gafito.

Te vas a quedar sin postre. Vas a ver.

¡Mentira, mi corazón! ¡Cómo vas a pensar! Si, contigo, mi cielo, abrazaditos así, deleitándome con tu aroma, concluyo que es verdad lo que se dice: las estrellas inclinan, pero no obligan.

De muchas maneras eres una flor para mí. Como una flor, eres suave: en el trato, en la caricia, en el gesto. Como una flor, eres hermoso, masculinamente bello. Con un aura que trasciende la presencia y se hace notar donde esté. Como una flor, perfumas tu contexto, alegras a los que te rodean. Como una flor, eres promesa de fruto futuro, de nueva vida. De renovación.

¡Vas a seguir con esa cara de idiota!

Si eso siento, chico.

De verdad.

Como si renaciera en ti, Antonio hermoso.

Como si no me llamara Myriam, sino Amaranta: «La que no se amedrenta».

Desde que te vi por primera vez, cuando entraste a inscribirte al gimnasio y te sentaste frente a mi escritorio con esa sonrisa, seguridad y altanería de hombre que alcanza lo que quiere, tuve una sensación tan... ¿Cómo expresarlo? Como de conocerte desde siempre. De haber compartido contigo momentos espectaculares en otra vida, o en esta misma. No sé. Como si nuestras almas hubiesen estado buscándose por una eternidad.

¿Crees en la reencarnación, Antonio?

¿Cómo explicar estas percepciones?

¿Recuerdas cómo fueron fluyendo las cosas? Los saludos, las sonrisitas nerviosas, las conversaciones casuales frente al botellón de agua o en la cantina del gimnasio. No te vayas a burlar, pero me temblaban las piernas cuando te oía saludando al llegar, compartiendo con todos, llamándolos por sus nombres con esa alegría y familiaridad de hombre realizado, exitoso, viril. Pero, particularmente, se me humedecía... Tú sabes... Cuando te parabas en el vano de mi oficina, con tu maletín deportivo en el hombro, y te acodabas en el marco de la puerta como para que resaltara este tu pecho tan fuerte, fibroso y suave que me fascina acariciar; y me decías con esa vocezota: «Hola, cariño, ¿tan bella como siempre?».

Tienes voz de locutor, Antonio.

¿Te lo han dicho?

Me enamoró tu voz, tu firmeza, tu don de caballero...

¡Ufff! ¡Cómo me gustas!

Anticipé, o deseaba tanto esa primera invitación a salir, que el «claro, cuando quieras» me salió sin pensar.

¿Creíste que era una mujer fácil?

¿Una loquita buscona?

¡Que no te burles, gafote!

Dime, anda.

Bueno, ya no importa.

Soy tu buscona, tu chica fácil…

Y qué.

Sólo contigo, mi flor…

Me encantó esa salida, y las siguientes, y las siguientes. Estaba cómoda, como con zapato viejo, ¿sabes?

¡No, chico, nada que ver con tu edad!

No me digas que te acomplejas, que tú no eres así.

Tú eres muy consciente de lo que vales.

Se ve a leguas.

¿O no?

Me encantaron, como te dije. Pero cuando me pediste que te acompañara a escoger los muebles para este apartamento, me mataste. Me diste en el núcleo del anhelo. En el centro mismo de mis ilusiones. Ahí supe que no me veías como una diversión, como una «peor es nada», ¿sabes?

¡Cómo me hiciste feliz con esa invitación! Entendí que querías compartir conmigo algo importante, y que este apartamento podría ser, en cierto modo, de los dos.

¿Eso quisiste decirme, amorcito mío?

Pero, deja la chanza, bobito.

A ustedes los hombres, cómo les cuesta hablar de los sentimientos.

Dilo, anda.

Dime que sí era ese el mensaje que me mandabas.

Me estabas diciendo: vamos a vivir juntos. ¿No es así?

Pero, deja de estar pelando los dientes, tontico.

Y ¡cómo valorabas mis opiniones!

Me oías, me consultabas, te dejabas guiar.

Antonio, mi flor, un manso corderito, esa tarde, en las mueblerías.

¡Cómo aprecié que me consideraras!

Por eso, esa noche, acepté ir contigo…

Y no es que antes no muriera de ganas...
¡Ay, sí!
¡Como si no lo supieras!
¡Pretencioso!

Yo también quiero ir en serio, Antonio, mi flor, mi perfume. Y para, de verdad-verdad, poder ir en firme, necesito contarte cosas que no me has preguntado. Sé que como todo un caballero, con esa delicadeza tan propia de tu nombre, no has querido invadir mi intimidad, y te lo agradezco profundamente. Sin embargo, debo decírtelas para que todo sea transparente entre nosotros, y podamos empezar con bases sólidas, con las cuentas claras y la página en blanco.

Ya quisiera yo que mi historia comenzara contigo, Antonio. Pero no es así. Y hay circunstancias dolorosas, que me han afectado, y aún no curo. Procesos abiertos, pendientes por cerrar.

Confío que, al compartirlos contigo, no me juzgarás ni me darás la espalda. Eres muy gallardo y valiente, y sé que me amas desde lo hondo, y me acompañarás y darás las fuerzas necesarias para ir adelante.

Los psicólogos dicen que una se hace trampas a sí misma. Que se autoprograma para repetir los errores. Que por eso las personas siempre se unen a parejas con los mismos defectos que lo conminan a padecer el mismo sufrimiento, una y otra vez. Que hay que entender el fenómeno para romper el ciclo y avanzar.

Algunas religiones afirman que uno sólo supera esos errores a través de constantes evoluciones del alma, en reencarnaciones sucesivas.

No sé si será así o asá, Antonio de mi corazón, pero, de lo que sí me siento segura, es que contigo estoy cambiando mi destino. Apoyada en tu pecho, abrazándote, percibiendo tu perfume, sintiendo tu calor; estoy convencida, ahora sí voy a avanzar hacia una nueva y real plenitud, sin la persecución del estigma de mi nombre.

Me casé joven, Antonio. Antes de graduarme. No te asustes, amor; ya llevo tiempo separada. Ningún marido celoso tumbará la puerta para caernos a tiros. Aunque él sería muy capaz de hacerlo.

Nos conocimos en la universidad. En una de esas materias del ciclo básico donde los de las diversas carreras coinciden. Era simpático, no tan alto; sí robusto. Con unas nalguitas que quitaban la respiración. Como para pellizcárselas. Pelotero e inteligente.

Nos tocó hacer grupo, y terminamos el período empatados. Dicen que novia de estudiante no es esposa de doctor, pero, en mi caso, no se cumplió la norma: lo fui de administrador y *Suma Cum Laude*, por si fuera poco.

Qué orgullo sentí.

Cuando me topé con el diccionario onomástico, también lo busqué. Adalberto: «El que brilla por la nobleza de su estirpe», «el brillo de la nobleza». Ése era él: brillante y noble. O, al menos, así lo veía yo en aquel entonces.

No tengas celos, tontico.

¿Te incomoda que hable de estas cuestiones?

Entiéndeme.

Tengo que contártelo, y precisar algunos detalles como éstos, para que puedas comprender lo que quiero decirte. Y es hoy o nunca, como dicen en las películas y en las series de televisión, Antonio de mi vida.

Estoy hablando del pasado.

Mi presente eres tú.

¿Sí?

No tenía segundo nombre. Decía que su familia era tan pobre que no le alcanzaba la plata para ello; como si, al presentarlo en el registro, se tuviera que pagar por letras, como cuando se manda un telegrama. Pero esas tonterías me gustaban. Me divertían. Me convencían de que, realmente, Adalberto era tremendamente brillante e inteligente.

Qué tonta es una cuando se enamora, ¿verdad?

Mira las coincidencias, si es que son coincidencias, o si no son predeterminaciones. Su apellido es Schultz. Algo alemán. Él es descendiente de alemanes. No sé si cuarta o quinta generación. Según comentaba, Schultz significa velador o sereno o así. Tú sabes, el que iba por las calles prendiendo los faroles para alumbrar a los pueblos por las noches. Para mí era increíble. Adalberto Schultz, el que brilla por su nobleza e ilumina en la penumbra a quienes lo rodean. ¡Lo máximo!

Es capricornio, del primero de enero, y lo ejercía. Trabajador. Elegante. Pagado de sí mismo. Con objetivos claros. Un poco introvertido. Pero muy cariñoso y leal.

Como buen signo de tierra, me daba piso y me hacía sentir invencible.

Antes de graduarnos, quedé embarazada y nos casamos. Al notar la falta, me hice un examen y se confirmó. Positivo. ¿Cómo iría a responder? La incertidumbre lógica de esos casos. ¿Escurriría el bulto? ¿Me diría, como un villano de novela rosa, no es mío; con quién más lo has hecho; cómo puedes estar segura de..? Lo abordé esa misma tarde, frente a una fuente luminosa que hay en el centro de la universidad. No ocultó su desconcierto. Se puso pálido. Balbuceó. Pero él era un caballero y, un noble que brilla con esa luz, no podía dejarme o sugerir lo indebido.

Sí tuve pavor a la reacción de Ulises Toribio. A sus improperios. Sus desmanes. A sus amenazas. Confié que mamá sabría calmarlo y, ese fin de semana, viajé hasta la casa para ponerlos en cuenta. Temblaba, Antonio. No quería que papá me dijera palabras horribles, groserías… Mas no, me escuchó con tolerancia y consideración y, para mi sorpresa, dijo, bueno, esas cosas pasan. No abandones los estudios. Cuenta con nosotros.

Después supe que estaba enfermo.

Raquel se preocupó, sin embargo, estaba feliz: «Los niños son una bendición, *mija* querida; y donde comen dos, comen tres». Y, casi de inmediato, se puso a tejerle escarpines y suéteres y tantas cositas lindas que ella sabía tejer como nadie. Todo lo necesario para armar una canastilla con lanas blancas y colores neutros. Ropita que se pudiera usar sin importar el sexo.

¡Así es mamá!

¡Increíble!

La boda fue sencillita, en la prefectura, nosotros y un par de amigos de la universidad que nos sirvieron de testigos. Los padres de Adalberto no pudieron venir por los costos de traslado, y los míos llegaron justo para la ceremonia y se fueron casi con las mismas. Papá debía atender el negocio o, al menos, ésa fue la excusa. Celebramos con cidra y cerveza —todo un lujo para nosotros—, música en un reproductor portátil, y chistes y anécdotas, que en esa época uno se reía barato. Y cómo nos amábamos.

¡Deja los celos y escucha, muchachito loco!

Sí. Hijos únicos los dos. ¿Cómo sabes?

Ah, así me gusta. Prestando atención. Muy bien.

A veces me pregunto, Antonio, si ese embarazo no fue una forma de no volver a casa, a los gritos de papá, a su rabia. Una solución extrema para mantenerme lejos. No malinterpretes. Ni intrigas ni emboscadas ni nada por el estilo. El subconsciente, no sé. Pero ambos sabíamos cómo evitar un embarazo y lo que nos podría afectar en la vida. En nuestros planes.

No teníamos dinero, y nuestros padres tampoco. Nos siguieron brindando el apoyo económico que nos daban individualmente, pero, para poder compensar los nuevos gastos, sí que tuvimos que trabajar y esforzarnos para salir adelante sin abandonar los estudios. Él consiguió un cargo de preparador y yo, un medio turno en una de las cafeterías de la misma universidad.

Nos graduamos juntos. Me hubieras visto con mi barriga y mi toga. ¡Comiquísima! Pero bella y radiante. Mamá no cabía de la emoción, y se sacó una foto con los dos, con su medalla y su birrete como si la graduanda fuese ella.

Ya papá estaba muy mal, por eso no pudo venir. Murió pocos días antes del parto. Por lo avanzado de la gestación, no me permitieron ir al velorio.

Después del novenario, mamá se vino a ayudarme para el nacimiento y los primeros días del bebé. «¡Cómo te voy a dejar sola cuando más me necesitas, *mija* querida! Así tenga que irme a pie, voy para allá». Solidaria como ella sola.

Con mis tres embarazos, viví el avance de la tecnología.

Sí. Tres. Oíste bien. Uno. Dos. Tres.

No estoy tan mal como para haber tenido tres partos, ¿no?

¡Di lo contrario para que veas, muchachito travieso!
Tres varones. Sanos y bellos.

Como la mamá, claro.

Los primeros ecosonogramas eran como las imágenes de la televisión al irse la señal. El especialista te decía, ¿lo ve? Y yo no distinguía nada, sino como en la película *Poltergeist*, ¿la viste? Una donde los espíritus de los muertos se manifiestan a través de la pantalla del televisor: Shhh. Puros punticos blancos y negros. El técnico afirmaba: «Éste es el penecito, éste es el hígado, éstos sus riñones, todo está *okey*». Y yo, qué más, con la sensación de haber sido estafada. Pagué, y no hubo función. Raquel sí estaba contenta. «Esto es una maravilla, *mija* querida. Ya sabemos el sexo del bebé. Varoncito. ¡A tejer de azul, se ha dicho! La ropita va a quedar lindísima. De concurso, sí señor».

Con el segundo, ya apreciaba sombras. Un teatro chino de siluetas o ese juego a contraluz que con las manos forman figuras proyectadas en la pared: el conejo, el coyote, la paloma de la paz... Por lo menos esa vez observé a mi hijo como si fuese un camafeo del siglo XVIII.

Con el tercero, ya la cosa era que nos faltaban las cotufas y los refrescos.

Una era la que le decía al técnico: «¡Mire las pestañas! ¡Qué bárbaro! ¡Cómo se le mueve el corazón! Ésas son sus bolitas, ¡pero si es todo un hombre! ¡Qué espectáculo!».

Me imagino que ahora ya el asunto es a colores, con sonido, *sound surround* y otros efectos especiales.

Así me gusta, que al menos te sonrías con mis chistes.

Empatía, mi cielo.

Muy bien.

Como te supondrás, tuve mucho cuidado al escoger el nombre de mis hijos. A pesar de las dificultades económicas de esos primeros años, compré una enciclopedia especializada en el tema, y pasé muchos días y meses analizando opciones.

Aquiles. Ni de bromas: «El que arruga los labios». Qué feo.

Claudio. No. ¿Llamarlo «cojo»? ¡Naranjas chinas, limón francés! Yo lo quiero sano y fuerte.

Nelson. Hijo de campeón… ¿Para qué la cría? Mejor el padrote.

Omar: El constructor… ¿Y si después me sale albañil? ¡Qué va!

Ricardo: Fuerte y poderoso… Pudiera ser.

Y así

¡Pero deja la broma, Antonio Martínez!

Me preocupaba.

¿Lo puedes entender?

Es una decisión muy fuerte.

Es determinar el futuro de una persona.

De una persona a la que quieres.

Una persona a la que le deseas lo mejor de este y del otro mundo.

Tu hijo.

¿Comprendes, amor?

Adalberto también se reía de mis temores y mis análisis. Claro, signo de tierra:

—Toda una profesional, creyendo en pendejadas, Myriam —me decía—. Si el nombre te marca, tan así como dices, la vida; ponle Bill Gates, Donald Trumph, Aristóteles Onassis. Que sea exitoso y gane el real que jode y nos saque de abajo.

Tú sabes, con toda esa ordinariez de los peloteros. Sólo le faltaba darme una nalgadita cuando fuese corriendo de tercera para *home*.

En esos momentos lo odiaba.

Pero aún no era lo que fue.

E insistía.

—Vamos a llamarlo Alain Prost. Diego Armando Maradona. Boris Becker. Barry Bonds. Que sea famoso y con dinero. Gente admirada y multimillonaria. ¡Ojalá me hubieran llamado a mí Michael Jordan! ¿Dónde no estaría? ¡Qué falta de visión, la de mis padres, carajo!

Me lo quedaba mirando con unas ganas de decirle, como dicen los españoles —y perdóname, mi cielo, la expresión. Tú sabes que yo no soy así—: «¡Anda a que te den por el culo, chaval!».

Debe de ser que, cuando una está embarazada, las hormonas te afectan el carácter y el espíritu.

Pero tuve la paciencia y la sabiduría de no dejarme llevar por las condiciones, y seguí revisando mi libro con fundamento y constancia.

Decidí llamar al primero Carlos.

«Viril. Hombre fuerte. Varón valiente».

Quizá lo has escuchado antes, mi cielo; a medida que avanza la gestación, nos van invadiendo angustias, temores, aprensiones totalmente irracionales. Horrores sobre la criatura que llevamos por dentro. A veces soñamos que es un monstruo espantoso que nos carcome las entrañas y devora nuestras vidas. O presentimos un ser incompleto, mutilado, deforme, apestoso. O lo vislumbramos con un futuro aciago, atormentándonos con sus desafueros. Es algo que va más allá de ti, ¿entiendes? Por más que los rutinarios exámenes mensuales —tactos, auscultación, test de laboratorio, ecosonogramas— ratifiquen que todo evoluciona correctamente, la inquietud te mata, mi amor. Y empiezas a rezar para que el niño esté bien. Que nazca sano. Que no tenga ninguna enfermedad. Que esté completo. Que lo sepas guiar por el buen camino. Que...

Tú dirás que me patina el coco, pero lo que menos quería, de todo lo que no quería, es que mi hijo fuera marica.

¿Homofobia?

No, no tengo ninguna aversión ni reservas hacia ellos, Antonio. Los amanerados me lucen simpatiquísimos con sus coqueterías y esos ademanes tan sutiles, tan femeninos, tú sabes, ¡tienen un salero! Muchos travestis se visten de ensueño, con un gusto espectacular, unos trajes y unas joyas y unos apliques y un maquillaje que ya quisiera yo para mí... Y los que no parecen y son, ni me van ni me vienen... Hasta amigos tengo que botan la segunda y el plumero. Total, ése es su problema. Si es que es un problema. No sé.

Pero me atormentaba la idea de que uno de los míos le diera por allí. O le *dieran*...

Ajá, te reíste, mal pensado.

¿Conoces alguna madre que sí?

¿Te la imaginas, amor?

Un chiquilla veinteañera, de lo más pretenciosa con la barriguita de su primer embarazo, bien bonita ella, hojeando *Vanidades* en la sala de espera del consultorio del obstetra, y platicando con la secretaria del médico y las otras pacientes: «Cada noche ruego a todos los santos para que el niño venga sano y gay».

¡Qué va!

¡Todo el mundo se voltearía, con los ojos como el dos de oros, a buscar dónde está la cámara escondida!

¿Si ocurre?

Qué se le va a hacer, Antonio. Aceptarlo. Entenderlo. Luchar por sus derechos...

De allí a desearlo... ¡Hum!

Y esa era mi pánico, vidita.

No sé si hay parchas, pargos, rosquetes, virolos, patos, pájaros, argollas bautizados como Carlos, pero, llamarse así, por definición, debería ser una barrera preventiva. Una vacuna. O, al menos, eso pensé.

Todos mis hijos se llaman Carlos, corazón.

Qué loca, ¿no?

Como si les hubiera puesto un diente de ajo, una penca de sábila, una manito de azabache, una «contra» a mis temores, en el bolsillo de sus nombres.

Genial, ¿no?

Deja de reírte, tonto. Pero qué cosas con este señor que se ríe de lo que no debiera, y no de lo que sí. Te ríes a contracorriente, Antonio Martínez. Un salmón de la risa.

La diferencia está en el segundo apelativo, y a todos los llamaba completo. Carlos Andrés. Carlos José. Carlos Alejandro.

Andrés: «Viril. Varón».

José: «El que multiplica a la familia».

Alejandro: «Protector o vencedor de los hombres».

Su papá, en cambio, no sé si por comodidad o por llevarme la contraria, lo hacía por el complemento. Andrés. José. Alejandro. Indiferente a mis reclamos y sugerencias. ¿Les habrá cambiado la suerte con esa mala costumbre? Mira que toda moneda tiene su cara y su cruz.

Quizás Andrés es el menos riesgoso, me refiero a mi inquietud, o en lo que quise evitar. Pero Alejandro pudiera proteger o vencer a los hombres de una manera no muy a mi gusto, o muy diferente a la que pensé. Ahí está el Alejandro Magno ese. Venciendo y protegiendo en la cama a unos supuestos varones que ni tan tal. ¿No te parece?

Que dejes la chanza, chico, te dije.

Loquito.

Al principio, trabajábamos los dos. Nos hacía falta el dinero. Tú sabes, Antonio, que todo comienzo es difícil. Más para una pareja joven y con un hijo pequeño. Yo le había dicho a mamá que se quedara a vivir con nosotros, para que no estuviera sola allá tan lejos, y nos ayudara. Con una sensibilidad muy propia, se negó. «Una pareja debe tener su intimidad, *mija* querida. Una suegra siempre incomoda y qué voy a hacer yo aquí, no conozco a nadie, voy a ser un estorbo. En el pueblo tengo muchas cosas pendientes: cuidar la casa, atender el negocio que dejó Ulises, las actividades de la cofradía, las amigas. Si me requieres, vengo por temporadas. Sabes que cuentas conmigo».

Al chamo lo teníamos en una guardería y vivíamos alquilados. El anexo de una casa, con entrada independiente y los servicios esenciales. Si Raquel se hubiese quedado con nosotros, habría tenido que compartir el cuarto con el bebé. No había más espacio. Dos habitaciones, un baño, y el resto —cocina, comedor, recibo, estudio, lo que se te ocurra— integrado en una sola área.

Ese mismo año murieron los padres de Adalberto. Uno tras otro. Cuatro meses de diferencia. Primero el papá. Un infarto. Después la señora. Probablemente por la pena. A mi esposo le entristeció, claro, pero había que seguir adelante. Ya eran mayores. Se habían casado tarde, y a él lo tuvieron cuando estaban arribando a los cuarenta, con todos los riesgos implícitos, y lo querían como a un dios. Casi no los conocí, pero debían de ser buenas personas. No dejaron ni deudas. Hasta el terreno en el cementerio lo tenían pagado.

Por lo trabajador e inteligente que era Adalberto, lo promovieron rápido, y comenzó a ganar mejor. Quedé embarazada otra vez, y, como locos, salimos a comprar una vivienda en los suburbios. Con los exiguos ahorros que teníamos, lo poco que nos deparó la venta de la casa de mis suegros en el interior y un crédito que nos dieron, para cuando Carlos José nació, ya nos habíamos mudado.

Una casita pequeña de interés social. El piso era de cemento crudo, los closets desprovistos de puertas y compartimentos, la cocina apenas con las instalaciones para el gas y el agua; pero con tres habitaciones, espacio para una pequeña ampliación, un puesto de estacionamiento al frente y, lo más importante de todo, nosotros.

Pasito a pasito la fuimos armando. Mejorando. Decorando. Yo misma. Los fines de semana. Fui aprendiendo de los oficios más variados. Aquí donde tú me ves, soy buena pintora —de brocha gorda se entiende, mi cielo, nada de cuadros al óleo con floreros azules y tulipanes amarillos—, plomera y electricista, y hasta algo de albañilería conozco.

Ajá.

Sepa, pues.

Te estás llevando una ganga, Antonio Martínez. ¿No te parece?

Ay, cómo me encanta esa mueca cariñosa. ¡Qué lindo! Cómo achinas los ojos y se te marcan las paticas de gallina, mi loquito bello.

Me dan ganas de comerte.

¡Ufff!

Pero ya van.

Sigo.

A Adalberto lo ascendieron nuevamente, y yo dejé de trabajar para ocuparme de la casa y los muchachos. Coincidimos en que el proyecto más importante que teníamos era educarlos y sacarlos adelante. Que fuesen hombres de provecho, que pudieran desarrollar sus potencialidades, con mi apoyo y protegidos de los riesgos de la calle y la soledad. Para entonces, ya estaba esperando a Carlos Alejandro, y teníamos un carrito.

Era feliz.

Creo que era feliz.

Me recuerdo feliz.

No sé cuándo cambió todo. O si es que siempre fue así y no me había dado cuenta. O si fue un proceso lento y continuo. O si fue que cada uno maduró de manera diferente y nos fuimos distanciando. O si fue que Saturno, con su influencia regidora sobre Capricornio, despertó los riesgos de su signo y prevaleció sobre su nombre.

No sé.

De pronto, sólo le interesaba el trabajo.

—Vas a ver, voy a ser gerente, director, presidente de esta compañía. —Era lo único que nos decía, no importaba de qué le habláramos nosotros en la mesa o yo en la cama—. Me voy a relacionar bien. Hacerme amigo del dueño. Me tiene estima, de verdad me la tiene.

Por más que quisiera contarle del avance de los muchachos o de sus problemas o de las cuestiones de la casa, cortaba la conversación:

—Mira, Myriam, para eso es que estás tú aquí, ¿no? No tengo tiempo para esas pendejadas. Resuelve. Yo estoy para otras cosas. ¿Recogiste la ropa de la tintorería? Mañana tengo una reunión importante y quiero ir con el traje gris que compré en Clemens. ¿Y la corbata rosada? La de seda cruda. No quiero deslucir, va a estar el dueño.

Ya Adalberto Schultz no iluminaba. Buscaba relumbrar ante los ojos ajenos. Estaba allí para que el pueblo lo viera brillar, no para alumbrarlo. Buscaba la nobleza, pero no la del espíritu, sino la de la aristocracia de folletín.

Se empeñó en adquirir una nueva casa, grande, de dos pisos, con jardín y patio, en una urbanización muy exclusiva, ya no en los suburbios, en la propia ciudad, costosísima, cuya deuda nos ahorcaba; no para que estuviésemos cómodos y holgados: para que nadie pudiera decir que él no era exitoso, un triunfador. A costa de lo que fuera, cambiaba de carro cada año; un nuevo modelo, uno más costoso. Ropa de la mejor. Corbatas tan caras como el uniforme escolar completo de cualquiera de los muchachos. Se afilió a un club de golf sin saber jugar ni interesarle ese deporte, sólo porque por allí iba gente importante, influyente. Siempre cumplió su deudas y obligaciones, es verdad, pero a expensas de privarnos de muchas cosas necesarias. Con decirte, ni podíamos pagar una señora de servicio que me ayudara con esa casota.

Orgulloso. Con ambición desmedida. Dispuesto a lo que sea con tal de ser reconocido, alcanzar mejores posiciones y poder. Nos dejó de lado.

No me afectó tanto eso, como la falta de cariño. Conmigo y con los muchachos. Sobre todo con los muchachos. Particularmente con el menor.

Tan sensible.

Cualquier excusa era buena para humillarlo, Antonio. Pobrecito.

A Carlos Alejandro le encantaba escuchar música. Para estudiar. Para caminar. Para salir. Para no hacer nada. Lo que más le gustaba era el reggaeton. Música de adolescentes, ¿qué más? Y, como tú sabes, Antonio, los chicos tienen esa manía, cuando una canción les gusta, la repiten y la repiten, a todo volumen. Adalberto lo regañaba constantemente. Decía que esa música no era de personas decentes. Que era de malandros y malvivientes. Carlos Alejandro, indiferente a sus clamores, no le discutía; pero no dejaba de escucharla ni le bajaba el volumen. Recuerdo que había una canción, una de un dúo puertorriqueño, Calle Trece se llama, que dice: «atrévete-te-te, salte del clóset». ¿La has oído? Mi esposo se escandalizaba y, alterado, gritaba que cómo era posible que estuviese escuchando esas cosas que aconsejaban a la gente para que se metieran a maricas, que eso de «salte del clóset» es «confiésate maricón».

Y lo peleaba y lo peleaba...

A mí me recriminaba que yo, con mis tonterías de nombres y horóscopos, no los había sabido criar, sólo mimarlos y echarlos a perder.

—Tanto que te preocupaba que te salieran mujercitas y ¡mira por dónde los has llevado!

Callaba, Antonio. Nunca me defendí. Para evitar más problemas. No quería conflictos. Sólo que todo terminase y se calmara.

Una noche llegó, a lo mejor tenso por el tráfico y los contratiempos de la oficina, y la música a millón. Sin mediar palabras, tomó el equipo portátil y, con una furia extrema, lo lanzó y lo reventó contra la pared.

Aún veo las piezas volando por la casa. El bullir de las clavijas. El rielar de tornillos. El sibilar de la antena, rotando como el aspa loca de un helicóptero en picada. El granizar de los circuitos y chips. La torpeza del asa en el aire, dando cerriles vueltas de carnero; triples, cuádruples saltos mortales. La carcasa fragmentada en un sinnúmero de astillas negras. Las compuertas de la casetera, con sus visores transparentes, descoyuntadas, en anómalos giros de *frisbees* rencos. Y, después, el repiquetear retumbante de cada trozo, cayendo, uno a uno, en ralentizada, discontinua y dispersa lluvia de meteoritos por la sala.

Carlos Alejandro ni lloró, Antonio. Se lo quedó mirando sin miedo ni rabia ni nada. Se levantó y salió de la casa con la tranquilidad del que va a comprar helados.

Ese día dejó de pelear con los muchachos.

Se concentró en mí. Lo único que hacía era criticarme ácidamente, de continuo y a diario. Detectar mis defectos y remarcarlos. Ridiculizarme. Mi manera de cocinar, de colocar la mesa, la sazón. Mi estilo de vestir o de calzar, de maquillarme o arreglarme. Mi peinado, mi perfume, mis adornos, mi cartera. Mi forma de manejar o mantener el auto. El orden o desorden, según él, de la casa, del recibo, del comedor, de las habitaciones, de los baños. El olor de las sábanas, de las toallas, del jabón de lavar. Mi vocabulario, mis gestos. Mi conducta con los niños, cómo los educaba o corregía o acariciaba o apuntalaba y alentaba. Mi…

Toda yo, ¿me entiendes?

Nada estaba a su altura, a sus deseos, a sus aspiraciones. Cómo iba a alcanzar sus metas con una mujer así.

Odiaba eso. Verme reducida. Minimizada. Maltratada. Yo misma comencé a dudar de mí, de mis cualidades y virtudes.

Para compartir mis sentimientos, mis preocupaciones, mis sueños no tenía a nadie; y de pronto me sorprendía hablando sola con personajes ficticios que me amaban y respetaban y se interesaban por mí.

Volví a invitar a mamá para que se viniera a vivir con nosotros. No le conté mi infortunio. Por vergüenza, para no angustiarla, y para que no me respondiera, como temí, que ejercitara la paciencia, la humildad y la comprensión. Tampoco quería escucharle decir: «Entre marido y mujer nadie se ha de meter». Le comenté que ahora sí teníamos espacio de sobra y podría disfrutar de sus nietos y hacerme compañía. «¡Qué va, *mija* querida! Así está bien. Recuerda: "El pescado y el huésped a los tres días hieden". Por un ratico está excelente; después van a estar todos ustedes que si fo, fo, fo, cada vez que me vean deambulando por esa casota».

No insistí. Hubiera sido peor. Adalberto me habría humillado delante de ella, y se le hubiera repetido la vida que llevó con Ulises Toribio proyectada en mí.

Mejor así.

Pero ya no aguantaba los ultrajes, el desprecio, la indiferencia.

Cada minuto que se aproximaba su vuelta a casa, iba aumentando mi tensión, mi depresión, mi desconsuelo. ¿Qué me iría a decir ahora? ¿A qué nuevo vejamen debería enfrentarme? Oía el motor del carro. Trancar la portezuela. La llave de la entrada. Las manos me temblaban. Se me paralizaban las piernas. Las pupilas se dilataban. Los labios se me contraían en un rictus de pánico. Que no me viera. Que pasara de largo. Que anocheciese pronto y se durmiera. Que fuese de día otra vez y se marchara a la oficina. Que hubiese una eterna elipsis temporal y se saltara ese espacio terrible que iba desde las seis de la tarde a las ocho de la mañana de cada día siguiente; y me ahorrara también los fines de semanas y los feriados.

Una locura.

No podíamos seguir así, Antonio.

Algo enfermizo. Inhumano.

Quise una solución adulta. Conversar. Pactar una zona de no-agresión y comprensión. Una manera de decirnos las cosas sin herir, sin humillar, con bondad, tolerancia y cariño.

Se rió.

Se burló.

Me dijo un montón de cosas que he querido olvidar, y no puedo. Van y vienen en mi mente como marejadas rabiosas.

Y... ¿cómo seguir amando a mi juez, carcelero y verdugo?

Le planteé el divorcio una noche en la que ni siquiera me permitió ver televisión.

Su mirada fue un lanzallamas. Se abalanzó sobre mí. Me tomó por los hombros. Me zarandeó. Levantó su mano derecha y soltó una cachetada que me tumbó al piso.

Allí, tendida en el suelo de nuestra habitación, inválida y llorosa, me escupió.

Un salivazo sólido que se estrelló en mi frente y corrió oleoso por los párpados, la nariz, las mejillas.

Muchísimo más que la cachetada, Antonio. No sabes cómo me dolió.

—Nunca, nunca, pero nunca más, repitas eso —me gritó desde lo alto de su estatura, amenazándome con el puño—. Primero la muerte a un abandono. ¿Queda claro?

Lloré. Por varios días, por varias semanas, por meses. Lloré escondida para que no me vieran ni él ni los muchachos. Cuando estaba sola, cuando salía a realizar las diligencias, las compras, los pagos a los servicios.

No sabía qué hacer, cómo solucionarlo.

Me sentía atrapada, presa, condenada a una cadena perpetua de torturas y trabajos forzados.

Quería escapar.

Huir.

Las vacaciones asomaban como el momento perfecto para la ejecutar la fuga, pensé. Adalberto había decidido que fuéramos a Disney. Un hombre de su posición no podía vacacionar en el país. Debía ser fuera, en el exterior. Para no ser menos que sus padres y superiores.

Como siempre, me correspondía organizar los detalles del itinerario, documentación, reservas, solicitud de la visa americana. Frente a la computadora, completando los formatos en la página Web de la embajada, comprendí que allí estaba mi oportunidad. Mal llenaría mis señas, creando en mi expediente incongruencias que el oficial del consulado no podría dejar pasar. Si me negaban la visa, no tendríamos tiempo para aplicar de nuevo. Mi esposo se iría de viaje con los chicos. Total, me diría, cómo fuiste tan tonta para equivocarte con tus propios datos. Alteré mi segundo nombre, mi fecha y lugar de nacimiento, mi profesión, mi género…

¡Huiría!

Confiada en mis errores, asistimos a la cita.

Revisaron los ingresos económicos, la constancia de empleo de mi esposo, las certificaciones de estudios de mis hijos…

Nos otorgaron las visas, por diez años, con múltiples entradas. Turismo y negocios. Tuve que ocultar mi frustración ante la algarabía familiar.

—Estamos listos, qué bien —celebraron.

Había hecho cuanto estaba a mi alcance para escapar y fallé, Antonio. Resignada a esperar por una próxima ocasión, me dispuse a disfrutar al máximo de esas vacaciones con mis hijos.

Terminé de organizar el viaje: reservas de hotel, auto, billetes para los parques y atracciones. Compré ropa nueva para todos, tú sabes: trajes de baño, sandalias, franelas; como para soportar con comodidad esos veranos inclementes del norte.

El día anterior, preparé el equipaje y contraté el servicio de un taxi para el traslado al aeropuerto, había que llegar temprano para evitar problemas con los cupos y la sobreventa de boletos que siempre ocurre en esas épocas vacacionales.

Todo estaba listo para el viaje.

Llegamos con antelación, pero ya teníamos gente por delante. Hicimos nuestra cola con paciencia, entusiasmo y excitación. Hablamos y reímos de lo que íbamos a hacer y que ninguna incomodidad nos afectaría; cualquier cosa, por ingrata que fuese, era parte de la aventura.

A la media hora, los de la aerolínea comenzaron a atender, y la fila comenzó a moverse poquito a poco.

Ni nos afectamos, charlamos de los parques de agua que hay en Orlando y de los centros comerciales de descuento donde podríamos comprar lo que quisiéramos a precios de ganga.

Por fin llegó nuestro turno.

Chequearon los boletos, las reservas, el equipaje y las visas.

Lo que no detectó el oficial del consulado, le saltó de inmediato a los ojos al jefe de seguridad de la aerolínea.

—Acá hay un error, señora. La visa dice que usted es hombre. No puedo autorizarle el viaje.

Adalberto comenzó a discutir, a alzar la voz, los chicos inquietos preguntaban que qué iba a pasar.

El jefe de seguridad se ofuscó y se plantó en sus trece.

—La señora no puede viajar. Si llega a Miami y no le permiten la entrada por un error como éste, la aerolínea se mete en problemas muy serios. No está en mis manos. Debe obtener una nueva visa.

Un conjunto de sentimientos contradictorios me asaltaron. La puerta se abría, podía escapar, huir, correr desesperada lejos de mi opresor. Pero mis hijos... Cómo haría para verlos, recuperarlos... Qué sería de ellos sin mí.

El jefe de seguridad apremiaba por una decisión:

—Hay gente esperando. Por favor.

Agarré coraje.

Jamás tendría otra ocasión como ésta.

Ahora o nunca.

Los calmé a todos.

Les insistí.

—Vayan ustedes. Yo arreglo esto y los alcanzo. La temporada es alta y es difícil obtener cupos a Florida. Es más fácil conseguir pasaje para uno que para cinco.

Mi esposo sintió alivio, se le veía en la cara. Podría continuar sus vacaciones sin sentirse culpable. Allá yo, pensaría, quién la manda a ser tan estúpida como para no haber revisado su información en la visa. Mis hijos me abrazaron y me dieron un beso.

—Cuídate, mami. Nos vemos mañana.

Casi me quiebro y contradigo en ese instante; pero el jefe de seguridad no dio chance a arrepentimientos.

—Bueno, bueno. Hay gente esperando. ¡Siguiente!

Salí del aeropuerto llorando por dentro.

¿Y si les pasa algo?

¿Y si el avión se cae?

¿Y si no vuelvo a verlos?

Tomé un taxi directo a la oficina de un abogado que me habían recomendado en una organización no gubernamental de ayuda a la mujer maltratada.

Aceptó mi caso y me aconsejó que, mientras se procedía judicialmente a las demandas, me mantuviera oculta. Ellos me ayudarían a conseguir un trabajo y vivienda.

Esconderse, huir en la ciudad, es un acto simple, Antonio. Basta con variar la rutina; mover las acciones cuatro o seis cuadras más allá de donde habitualmente las ejecutas. Cambian los rostros y los paisajes. Casi que las costumbres y el idioma. Es prácticamente imposible encontrarse con amigos o conocidos. Es un ámbito totalmente nuevo. Como si se viajase muy lejos. A las antípodas. A la Luna. Al Polo Norte. Al centro de la Tierra.

Y eso hice.

Lloré, y continúo haciéndolo, por mis hijos, por mí, por lo que no fue.

Pero no me arrepiento.

Menos ahora, Antonio: mi flor, mi promesa, mi futuro.

Sé que mi historia no te intimida, ni cambia tus sentimientos, ni me vas a dar la espalda, mi cielo. Por el contrario. Percibo tu compresión y tu soberbia ante lo que he sufrido y aún padezco, y, por cómo se oyen tus latidos, entiendo que ahora me aprecias más, y estás en comunión conmigo. Sé que junto a ti tendré las fuerzas para recomenzar, para hacerme yo de nuevo, y florecer. Que podré concluir lo que he iniciado y recuperar a mis muchachos. Que estarás a mi lado en este trance, y, cuando flaquee, siempre contaré con tu pecho para recibir esta serenidad tan linda que me das mientras te acaricio…

¿Es así, mi amor?

¡Ufff! ¡Cómo te quiero!

4. Juguemos en el bosque... Lobo, ¿estás?

Como acostumbra en sus horas libres, desde que ingresó a la universidad, Carlos Alejandro se sienta sobre la grama del jardín que da a la ribera izquierda de la quebrada, bajo un ficus frondoso. Allí nadie lo molesta, y puede concentrase en sus cosas.

A veces oye música mientras lee o estudia, según corresponda. Calle Trece, Les Luthiers, Soda Stereo, Olga Tañón, Aterciopelados, Javier Solís, Rubén Blades, Debussy, Vivaldi, Los Panchos, Sting, The Preservation Hall Jazz Band... De Internet ha descargado 657 canciones de diversos géneros y estilos, nuevas y viejas, que en la variedad está el gusto, y las va dejando rodar al azar o programadas. Oírlas le ayuda a enfocarse en la lectura o en el estudio sin perder detalles de ambas cosas. Su papá nunca entendió eso, y desde niño lo critica, que cómo era posible, que hacía una u otra actividad, no las dos a la vez. Pero sí. Es así. Y hasta necesita de esos sonidos para lograr sumergirse en las palabras.

Últimamente ha estado leyendo *Las confesiones*, Agustín de Tagaste, un libro que le mandaron a leer para discutir en clases. Lo abordó con aprensión. Esperaba un texto fastidioso, dogmático, adoctrinador, lleno de regaños y amenazas como los sermones del padre Gabriel —con su voz de bisagra sin aceitar—, acusando con dedo airado desde el púlpito de la capilla del colegio. En absoluto. Otra cosa. Se sorprendió de lo sencillo que era leerlo, y de cómo el mundo antiguo era tan parecido al de hoy.

La gente es la gente, no importa el tiempo, se dijo. Los personajes del relato son igualitos a sus panas, a sus hermanos, a él mismo. Fíjate tú, los estudiantes hacen travesuras a los profesores, y hasta se van sin pagarles; y se inventan juegos y rumbas, y presionan a los que no quieren parrandear para que hagan lo que se espera que hagan. Como si les dijeran, qué fue, mariquita, ¿vas a arrugar? Y, por supuesto, nadie arruga, o qué fue.

La abuela Raquel cuenta que, en su época, ninguna muchacha iba por allí sonsacando a los hombres, pero tiene que ser mentira. En el libro está clarito que la lujuria y la carne estaban disponibles, ya en edades remotas, para el que quisiera, por las calles, y cualquiera se podía dejar llevar por ellas, como le pasó al autor en su juventud. Las mujeres andaban por ahí sonsacando hombres, y los hombres sonsacando mujeres. La propia orgía, pues.

En aquel entonces, Rita también se le pudo haber declarado. «Me gustas, Carlos Alejandro», y él no supo cómo evadir el beso, y se dejó llevar sin querer por esa lengua y esas caricias y ese… Pero cómo iba a arrugar, después la mala fama no se la quitaba nadie. Y está bien buena Rita. La rumba, pues.

La culpa es de mamá. Del sortilegio que le echó. Que las maldiciones y bendiciones que se cumplen son las de las madres. Cada día estás más buenmozo, Carlos Alejandro. Vas a ver, las muchachas te van a perseguir a montones, no te dejaran ni a sol ni a sombra. Y ahí, papá no perdía chance de criticar: no debieras descuidarte tanto en el vestir, cómo se te ocurre salir con esa franela desgarrada, chico, la gente pensará que no gano para comprarte ropa nueva, que eres un malandro, un malviviente, un vagabundo. ¡Arréglate!

Agustín de Tagaste hubiera gozado a manos llenas burlándose de mamá y su manía de horóscopos y constelaciones: «Pero, señora, cómo va a creer en esas patrañas. Si fueran ciertas, los gemelos tendrían el mismo destino, les pasarían los mismos percances simultáneamente; se enamorarían y casarían el mismo día, a la misma hora; ganarían a los caballos en la misma carrera... ¿Cómo puede confiar en tamaña estupidez?».

Perdería el esfuerzo, pero se entretendría argumentando. Ése era su oficio: argumentar. Porque, en aquella época, la gente estaba interesada en aprender a pensar, y a hablar, y se podía vivir de ello, y hasta era socialmente admirado y reconocido. ¡Increíble, ¿no?! No como ahora. O por lo menos así le dijo medio mundo cuando decidió estudiar su carrera. Te vas a morir de hambre, Carlos Alejandro. Eso no sirve para nada. Estudia algo útil: Ingeniería Informática, Administración de Empresas, pero ¿Filosofía? Estás malgastando tus facultades, y lo pagarás, en esta vida y en la otra. Acuérdate de la Biblia, de la «parábola de los talentos»: ¿qué hiciste con los talentos que te di?, te van a preguntar. ¡No desperdicies tu capacidad! Y te imaginarás a un montón de viejos hoscos, cada uno con la cara de tu padre, inquiriéndote por el mal uso que has hecho de tus potencialidades. Horrible. Nadie te salvaría de las llamas perpetuas.

—¡Pendejadas! Si uno es bueno en su asunto, termina triunfando. Que otros fracasen no implica que tú también. ¡No sean necios todos! ¡Estudia lo que quieras!

Curioso que haya sido papá quien te dio la recomendación.

En otras ocasiones, escribe en la computadora portátil. La saca del bolso de lona que lleva terciado con él para arriba y para abajo; la abre sobre los muslos y comienza a teclear con ambos índices, el tiempo que la batería le permite o hasta que la hora de volver a clases lo alcanza. Le gusta ordenar sus ideas. Inventar cosas. Jugar con las palabras. Sus hermanos lo fastidian cuando lo encuentran enfrascado allí. «Qué, mariquita, ¿viendo porno en Internet?». No entienden que eso, la verdad, ni le llama la atención; aunque no niega que ha explorado algunas páginas de ésas, y más de una vez ha tenido que correr a bañarse para apagar los fuegos... Prefiere desarrollar sus textos. Le permite entender lo que pasa, cuando logra darle un comienzo y un fin a sus inquietudes, a sus suposiciones, a sus historias... Tiene una ortografía terrible y le da vergüenza reconocerlo... Menos mal que los procesadores vienen con herramientas de corrección y te señalan las palabras mal escritas o las fallas de sintaxis, pero hay que irles alimentando el vocabulario y, en muchos casos, hasta enseñarles a hablar como uno. Ese español binario que traen, creo que no lo hablan en ninguna parte, ¿o sí?

Sin embargo, lo que más disfruta, cuando el deber no apremia, es jugar a Sims. Es su vicio el Sims. Ha construdo una familia que ha ido creciendo y prosperando. Compraron casa y la han ampliado y remodelado varias veces. Los padres trabajan en empresas multinacionales y ganan cada vez mejor. Cambian de auto todos los años y no hay cuarto sin computadora, por lo que los chamos pueden chatear con los panas, libres de las limitaciones del cibercafé. El hijo menor tiene un equipo de sonido profesional con cuanto adelanto tecnológico se ha desarrollado, y posee una colección de música variada realmente admirable. A los dos mayores les acaban de comprar carro… Y hasta disponen de una moto de alta cilindrada para divertirse los sábados en la tardecita… Ya los tres van a la universidad…. Si se plantea salir de vacaciones, los hijos responden conturbados: «No. ¿Qué vamos a hacer en Orlando? Mejor nos quedamos aquí. Es más barato, e igual compartimos entre nosotros». Entonces se van a las afueras de la ciudad, a un hotelito de montaña, y montan caballos y comen parrilla con vegetales… «Ay, mariquita, lo que te falta es jugar con muñecas. ¿Quieres que te regalen una Barbie? ¿Y su casita? ¿Y su Ken?». Ese Carlos José siempre amargándote la existencia… Claro, él prefiere competir con otros en la comunidad virtual, y juega a World of Warcraft. Carlos Andrés no anda en eso, es una perdedera de tiempo, y usa Internet para investigar o comunicarse y punto. Algo útil, dice.

Hoy, bajo el ficus próximo a la quebrada, no hace ninguna de estas cosas. Sólo se sienta y espera. Ha quedado con sus hermanos en encontrarse allí. Para ponerse de acuerdo o fijar posición, por lo menos.

Del bolso saca el libro que le mandaron a leer, mas no lo abre. Únicamente repasa el canto de las hojas con el pulgar como si abanicara un mazo de naipes. Debería seguir avanzando con la lectura para ganarle tiempo al tiempo mientras espera, pero el ánimo no le da. Tiene una horrible sensación como de estar viviendo en la pesadilla de otro. Como si le acontecieran cosas ajenas. Como si no fuese posible que esto le ocurriera a él, a ellos. Pareciera que alguien se confundió de libreto y los soltó en medio de la película equivocada, o que estuviera en el juego de Sims de un novato que no sabe darle coherencia y continuidad a las acciones. Un sentimiento que ya tiene varios meses, demasiados meses, agobiándolo. Va y viene. Siempre allí. Crónico.

¿Cuándo se traspapeló el guión? No sabe precisar ni el momento ni los detalles. Ya todo era diferente al aterrizar en Miami, pero tiene la convicción de que el cambio venía desde antes, desde mucho antes de organizar las vacaciones en Orlando, de ir al aeropuerto, de que su madre no pudiera viajar con ellos, de que su padre intentara calmarlo en el avión: «Tranquilo, hijo, en esta zona hay mucha turbulencia». Y no, como era de suponer, con: «¡Carajo, Alejandro, pórtate como un hombre!».

Guarda el libro. Sabe que no lo va a leer. Se recuesta contra el tronco del ficus y mira las nubes y el movimiento de las ramas de otros árboles cercanos. Hace brisa. Suave y fresca. Hay un grupo de angoletas posadas en la copa del apamate. Estáticas y acechantes. Le tiene miedo a las angoletas. Cuando hacen sus nidos, se tiran en picada a las cabezas de las personas para arrancarles el pelo. No ve otros pájaros.

—El viejo está más perdido que Adán el día de las madres —comentó Carlos Andrés en el aeropuerto de Miami, refiriéndose a papá—. Algo le pasa.

Era obvio que algo le pasaba.

Al principio pensaron que seguía con el juego de asignarles nombre a las personas con las que cruzaban. Ése tiene cara de Petronilo; ése se llama Filiberto; ése es un Hermenegildo donde lo pongan. Una distracción que habían inventado en la niñez, con su mamá, para matar el tiempo en las salas de espera o en los viajes en auto, por aquellas carreteras interminables que atravesaban páramos desolados, al ir a visitar a la abuela Raquel.

Pero no jugaba. Papá nunca había participado de esa afición. Estaba como confundido. Llamaba Alberto y Jaime a tus hermanos; y a tu mamá: Aireen. A ti sí te decía Carlos. Carlos a secas. Con la cólera que te da que te llamen así. Carlos no es un nombre, es un genérico, dices. El nombre de todos. Tú eres tú, Carlos Alejandro o Alejandro, si acaso, pero Carlos... Carlos es cualquiera. Un anónimo, pues.

No sabes cómo se denominan las nubes. Mejor dicho, sí sabes que son nimbus, y cúmulos, y cúmulos nimbus, y estratos nimbus, y... Mas no sabes cuál es cual. Te gustaría saber, sin embargo no te quita el sueño esa ignorancia. Disfrutas verlas pasar, y las formas que toman, y cómo se van deshilachando en el cielo, o concentrándose en masas poderosas, o cómo oscurecen, o aclaran. Así debe de ser la gloria.

—¿Y esa preocupación por mamá? ¡No joda! Vámonos de una vez a Orlando —decía Carlos José, fastidiado de esperar.

Y es que suponíamos que papá iba a ir derechito al módulo de alquiler de vehículos, presentaba el *voucher* de reservación, pedía el mapa direccional, el *navegator* que mientan y esa misma tarde nos enrumbábamos por la autopista hacia Orlando.

—Ya Myriam nos alcanzará — les habría dicho.

Nada ni nadie le hubiera fregado sus vacaciones.

—Como Dios manda —decía Carlos Andrés.

Pero, apenas cruzaron aduana, comenzó a telefonear a tu mami. Al celular. A la casa.

Nada.

—Algo tuvo que pasarle —bisbiseaba—. Tiene chance suficiente para haber regresado.

Llamó a la abuela.

Nada sabía.

Iba a averiguar.

—Coño, vámonos de una vez para Orlando —insistía Carlos José.

—Sí, vámonos —lo apoyaba Carlos Andrés—. Ya mamá nos alcanzará. Qué vamos a hacer aquí. Esperando qué. Total, la culpa fue de ella, no de nosotros. Vámonos de una vez.

Tú, no.

Tú compartías la angustia de papá. También tenías esa preocupación por mami. Como si afloraran los miedos terribles de la infancia, cuando te decía en la puerta del automercado, de la tintorería, de una tienda cualquiera: «Ya vuelvo, espérame aquí y no te muevas y no hables con nadie; no demoro ni cinco minutos». Y se dilataba, y no venía, y no sabías qué hacer, y empezabas a sudar, creyendo que algo podría ocurrirle, que la raptaban, que la herían durante un robo, que la asesinaban unos gánsters misteriosos; o que, más brutal, más abyecto, quería deshacerse de ti, y te dejaría allí abandonado, solo a tu suerte, y no regresaría nunca jamás.

A lo mejor, papi lo presentía, Rita. Quizá lo barruntó en el avión, y por eso ese cambio. Esas confusiones. Esa ansiedad.

Tú también querías que siguiera llamando. Que lo intentara una y otra vez, tal cual y como lo hacía desesperado, perseverante e insistente, sin apartarse del teléfono público en el área de salida de pasajeros, por uno u otro número, y siempre las contestadoras...

Rezaba, Rita. No sabes cómo rezaba para que mamá de verdad respondiera en vivo y en directo, no sólo su voz digital diciendo que dejaran un mensaje...

Después de no sé cuántos intentos, pareció desistir.

—Por fin nos vamos, ya era hora.

Carlos José se levantó y tomó su morral. Carlos Andrés también agarró el suyo.

Pero no.

—Esperen aquí. Ya vengo. Cuiden las maletas.

Te fuiste con él, Carlos Alejandro. Caminaron hasta unas escaleras mecánicas. Subieron al segundo nivel y bordearon diversas áreas sembradas con hileras interminables de asientos de estructura metálica. A trompicones avanzaron entre las personas que, con carritos de maletas y apurados, iban y venían caóticas por los pasillos virtuales de la alfombra, entrando y saliendo de las tiendas de revistas y recuerdos, de los restaurantes y cafeterías.

—Algo tuvo que haberle pasado —murmuraba como ajeno a tu presencia.

Preguntó a un oficial de seguridad con el que toparon, un hombre inmenso que portaba una placa colgándole de una cadena en el cuello, y que los escuchó amable y con paciencia.

Siguieron sus indicaciones en un continuo zigzagueo entre la multitud de gente que parecía estar allí sólo para impedirles avanzar.

Y llegaron a los mostradores de la aerolínea. Una masa descontrolada y amorfa de individuos de diversa índole, con grandes maletas y bultos, se apiñaba a lo largo de las sinuosas talanqueras de gruesas cintas de nailon índigo y parales de acero inoxidable que conducían a las taquillas y operadores, haciéndoles infranqueable el acceso.

No se amilanó. Como loco, preguntaba a los coordinadores de fila. A cualquiera de los empleados que divisaba. Quería pasajes de regreso para esa misma noche, Rita. Lo antes posible. Qué vacaciones ni qué ocho cuartos. Nunca debió dejarla sola. Algo terrible tuvo que haberle pasado, Carlos. Algo terrible… Los enviaban de aquí para allá. De allá para acá. Del timbo al tambo. De taquilla en taquilla.

Finalmente, un alma piadosa. Un joven gentil que digitaba veloz en la computadora, y, de tanto en tanto, levantaba los ojos para verlos.

Nada disponible:

—Hasta dentro de un mes, señor.

Pagaba lo que fuera.

Una emergencia.

—Si quiere los pongo en lista de espera, pero todo está copado. Y son muchos.

Y ese gesto de no podemos hacer nada.

—¡Siguiente!

Podrías decir que las nubes se mueven lentas sobre un campo cerúleo. Una palabra dominguera para describir el color del cielo. Cursi. Cerúleo. ¿No sería mejor azul cielo? Y por qué «sobre» y no «bajo». Las nubes se muevan lentas bajo un campo azul celeste. Podrías comenzar un texto así: «El cielo estaba azul cielo y sin nubes», repitiendo intencionalmente. O como empieza Malena Muyala su interpretación de Maquillaje, el tango de los hermanos Expósito, con un epígrafe: «Porque ese cielo azul que todos vemos, ni es cielo ni es azul. ¡Lástima grande que no sea verdad tanta belleza!». Lupercio Leonardo de Argensola (1559-1613). Tú y tus mariqueras, Carlos Alejandro, te diría Carlos José, ¿no? La relatividad. La óptica. Ni es cielo ni es azul. A lo mejor resulta que las angoletas no son negras ni son angoletas, ni se lanzan en picada contra las personas para arrancarle los cabellos y construir sus nidos, ni eso es un apamate donde se posan. Ay, chamo, tú y tus rollos, recriminaría Rita entre beso y beso.

Ni es cielo ni es azul, / ni es cierto tu candor, / ni al fin tu juventud…

Lo hubieras visto desparramarse en el piso, Rita. Cayó en cámara lenta. Ingrávido, despacito y sin fuerzas por el espacio vacío. Un líquido denso, una gota espesa de aceite, recorriendo en bajada el infinito.

Quedó derrumbado en la alfombra azul celeste. El cuerpo en arco sobre las rodillas. Los brazos tendidos por allí, ajenos a él. La cabeza entre las piernas…

Un muñeco. Un títere dejado al abandono…

Y el teléfono descolgado, y la voz de la abuela:

—Aló, aló, aló…

Y desde el piso, el llanto de papá…

—¿Qué pasó?

—¿Qué pasó?

—¿Qué pasó?, ¡no joda!

Un tango. Vivían un tango. Un tango para otros, y tenían que bailarlo. Sin aviso previo, sin alertas, de improviso.

Maquillaje, Rita.

Mentiras… / son mentiras tu virtud, / tu amor y tu bondad… / Y al fin tu…

—¿Cómo que nos dejó? —Carlos Andrés pálido con los ojos abiertos de par en par.

—¿Se fue con otro o qué? —Carlos José se aferraba al asa de la maleta como si le diera sostén, como si le impidiera caerse.

Mentiras… / ¡te maquillaste el corazón! / ¡Mentiras sin piedad! / ¡Qué lástima de amor!

Un tango. Un tango bufo. Como el de Les Luthiers.

Cuando llego al bulín que vos dejaste / esa tarde de copas y palabras / rememoro el amor que me juraste / y los besos que a la noche vos me dabas. / En las horas de escabio y amarguras / me pregunto si fue cierto tu cariño / y aunque busco en el hembraje no hay ninguna / que como vos me quiera como un niño… / ¿Por qué te fuiste, mamááá?

No puede ser.

¿A ustedes?

Una pesadilla ajena, Carlos Alejandro. Personajes en una obra equivocada.

Miedo. Tuvieron miedo. Mucho miedo. Pánico.

—Lo mejor que pueden hacer es regresar en la fecha para la cual tienen boletos —les aconsejaron—. No inventen.

Dos semanas en el aeropuerto, yendo y viniendo a los mostradores, a otras aerolíneas…

—Pero ¿se fue con otro o qué?

No puedes imaginar, Rita, la cantidad de empresas aéreas que operan en el aeropuerto de Miami; la cantidad de vuelos diarios que hay; la multiplicidad de opciones para conectar de un sitio a otro, de ciudad en ciudad, de país en país, y poder llegar a casa…

Y todas llenas...

Y es que son cuatro.

¿A ustedes?

Dos semanas. Sucios. Hediondos. Demolidos. Viéndonos las caras.

—¿Se volvió loca o qué?

Dos semanas como el personaje de la película del avión. Viviendo en la terminal, mal comiendo en los restaurantes y cafetines, dormitando en asientos incómodos o en la alfombra, en rincones donde no estorbaran; medio aseándose en los baños públicos; pero con visa y, por puro gusto, autorizados a entrar a un país de donde queríamos irnos ya, de inmediato, y no podíamos...

Así son las vainas, Rita.

A veces querer no es poder.

Una rana o un sapo croa en la vecindad. Seguramente en la quebrada. En la orilla, o sumergido a medio cuerpo en el caudal. Quisieras tener el don de precisar la procedencia de los sonidos, de esos, como ubicuos, que flotan en el ambiente y nunca sabes de dónde vienen. En las películas de cazadores o de vaqueros, al ocurrir un rugido, o al percibirse el galopar de un caballo, alguien exclama: es de allá, a tal distancia. Tú, no. Ni siquiera atinas cuando te llaman o te saludan por la calle, y volteas hacia todos lados, y siempre vas en la dirección equivocada. Vainas. Nadie es perfecto...

Hace rato no pasan nubes. Un cielo limpio. Azul cielo. Sólo uno que otro zamuro ha dado una vuelta de reconocimiento y se ha perdido de vista. Las angoletas... Allí están. En el apamate... Negras.

Tú también vistes de negro. Te gusta el negro. Franela, camisa, pantalón, medias, interiores, todo negro. Es elegante. Es sobrio. Es discreto… Una angoleta… Qué, mariquita, ¿otra vez de luto? A ese Carlos José…

No. No te agrada usar zarcillos. Ni los *piercings* ni los tatuajes ni nada que pueda herirte o marcarte. Así eres. Así te diferencias de los otros. De tus compañeros y amigos. Allá ellos. Cada loco con su tema. Rita tiene una estrellita de cinco puntas tatuada en el pliegue que separa al pulgar del índice. Constantemente busca que se la beses, se la lamas. ¡Rico, chamo!

El pelo es otra cosa. Llevarlo largo te hace sentir libre. Pero requiere dedicación. Se ensucia fácil y tienes tendencia a la caspa, y las escamitas que caen en los hombros y el pecho son muy notorias sobre la tela oscura. ¡Coño, Carlos Alejandro, termina de bañarte, necesito usar el baño!; Carlos José. Siempre Carlos José. Le vas a terminar dando un puñetazo… seco… en las bolas.

Papá quedó allí tirado, en la alfombra de la terminal, aún muchos días después de que habíamos vuelto. Tardó en levantarse, y creo que no se ha incorporado completamente. El árbitro no paró la pelea. No sonó la campana. La esquina no tiró la toalla. Lo siguieron golpeando en el piso, ya sin defensa.

—Pero qué le pasa al viejo, pana. Tiene que ir a trabajar. Si no, de qué vamos a vivir. —Carlos Andrés expresaba nuestra preocupación. No sólo económica, moral, ¿entiendes?

Habló en privado con papá. Nada. Lo miró como si no estuviera aquí. Y no estaba, Rita.

Estábamos solos. Huérfanos.

—Voy a buscar un empleo —nos dijo Carlos Andrés—. Uno de media jornada. No sé. En la universidad. En cualquier parte. En lo que sea. Pero hay que traer platica.

Y todo ese lío de abogados…

No tienes idea, Rita, lo que son esas cosas.

Uno no sabe cómo son los asuntos legales hasta que está metido en el rollo, y, ojalá, nunca estés en eso. Lo ves en la tele, y la gente se divorcia y ya. No es así, Rita. Si tú no accionas, no pasa nada. Y papá no accionó. No accionaba. No podía accionar desde el piso, desde la alfombra azul del aeropuerto de Miami…

Por fin, de tanto que le dijo Carlos Andrés, o por el tiempo, que todo lo cura, se levantó. O pareció levantarse…

Zombi…

—Lo que ella disponga —le dijo por teléfono al abogado.

Carlos Andrés no salía de su sorpresa:

—Pero papá es tonto o qué. ¿Cómo que lo que ella disponga? Abandono del hogar, chico. ¿Se va a dejar quitar todo? ¡Qué bríos!

Aun así, nada avanzaba.

A lo mejor su alma quería y no quería, como dice Agustín de Tagaste para explicar esos estados de no hacer lo que debemos o lo que queremos hacer. Quería y no quería, Rita… No iba a las reuniones… No asistió al tribunal… Y hay lapsos. Y prórrogas… Días hábiles… Pero hay tantos feriados… Y a veces huelgas… Y vacaciones… Y el tiempo transcurre, y esas cosas son lentas, Rita.

El césped está casi seco. Poco verde le queda. Verdes pálidos y tonos ocres. La temporada de lluvias debe de estar por entrar, pero aún le falta. Estarán ahorrando el agua para el regado. Debe de haber disminuido el nivel de seguridad del tanque. Se ven las hormigas, negras, pequeñitas, haciendo sus recorridos de ida y vuelta con ese orden tan propio del que sabe lo que hace y cuándo hacerlo. También hay bachacos. Como dispersos. No en fila como las hormigas. A tu familia en Sims le falta una mascota. Quizá un perro. Un labrador. Un labrador dorado con bastante pelo... O un dálmata... Ni de bromas un gato. No te agradan los gatos. Son ladinos. Taimados. Como malignos. Ay, chamo, pero si los gatos son bellos y sensuales, ¿cómo no te van a gustar?

Hay un cuento de Julio Cortázar donde unos muchachos tienen un hormiguero y lo van desarrollando día a día. Un cuento donde también hay la presencia sugerida de un tigre y se asoma una venganza. No te gustaría un hormiguero, ni un herbolario, ni una mascota de verdad... Prefieres el Sims, y leer, y escribir tus cosas y vestir de negro... Chamo, pero no seas aburrido, ven, vamos a salir... Y terminas saliendo... Qué, mariquita, ¿vas a arrugar?

Creo que todos permanecemos, como papá, abúlicos y arrumados en una esquina oscura, soterrada, polvorienta, plena de telas de araña, en el Aeropuerto Internacional de Miami, Rita.

Carlos Andrés, con lo exigente que siempre ha sido con sus estudios y sus notas, tú sabes: destacar, sobresalir, ser el mejor; con lo de la preocupación por el dinero y que papá se levantara y resolviera lo de los abogados y conseguir trabajo y trabajar... casi pierde el semestre.

Carlos José sólo tiene vida fuera, con sus amigos, con sus rumbas... Y uno teme que...

Yo, bueno, yo no sé... Este sentimiento raro de vida ajena... De estar viviendo algo que no es mío... Como observando en perspectiva...

A veces, de las cosas malas surgen cosas buenas, dice Agustín de Tagaste en el libro que estás leyendo. A lo mejor es así. Ahí está la abuela Raquel. Ni lo dudó para venirse de tan lejos para ayudar a tu papi y atenderlos a ustedes. Creo que fue Carlos Andrés quien habló con ella, Rita. O fue ella quien se ofreció. No sé. Pero se vino...

A salvarlos se vino.

—Esa Myriam... Una loca. Desde chiquita. Menos mal que Ulises no está aquí para vivir esta desgracia... Estaría colérico con los desmanes de esa muchacha... Echarle esa broma al pobre Adalberto que siempre ha sido tan consecuente, tan buen marido, tan buen padre... Loca. Loca de atar, esa hija mía... Y ahora anda escondiéndose. De qué. De quién. Con esta casa tan bella que tiene, pasando trabajo Dios sabe dónde... ¿Se le habrá adelantado la menopausia? Las hormonas alteran a la gente... ¿Y los muchachos? Con lo que necesitan una madre... Ni se preocupen, a esta abuela de ustedes le queda guáramo para rato... A comprar alpargatas que lo que viene es joropo. Sí, señor; acá todo va a estar bien, ¡que lo digo yo!

Y, si por Agustín de Tagaste rogaba Mónica, su mamá, por Carlos Alejandro, por ustedes, reza su abuela.

Y te lo dice: «Te encomiendo mucho en mis oraciones, Alejandrito». Y es verdad, lo has visto. La oyes cuando declama su rosario cada atardecer en el porche de la casa, esperando a que regresen de la universidad, del trabajo, de donde estén.

Pequeña y viejita como es ella, llegó con una escoba y un trapo ordenando y limpiando esa cueva de osos que, según dijo, era la casa. Hediondísima. Una pocilga. Pero, por supuesto, hace falta la mano de una mujer entre tanto hombre. Y a esa Myriam que se le zafó un tornillo... Y cocinando esos platos tan ricos que hace con ají dulce y cebollín, «a ver si engordan que están muy flacos y necesitan alimentarse bien, que están estudiando mis muchachitos», y hasta merienda con ponqué y batidos de frutas nos deja lista por si volvemos mientras ella va a la iglesia, a misa, y regresa para recibirnos con su rosario y su Ángelus que el Ángel del Señor anunció a María... Siempre risueña y con ternura, así esté quejándose de lo que sea, Rita; y nos hace reír con sus gracias y refranes.

—¿Cómo estás, abuela?

—Aquí, *mijo*, esperando un día malo para ver cómo es... La que esté mejor que yo, que tire cohetes.

Y nos conversa, interesadísima de verdad-verdad en nuestros asuntos, individualmente, y con discreción, sin casi opinar u opinando sin dar órdenes ni amenazar, como preguntando: «¿Y no has pensado en...? ¿Y si lo haces así?». Y cada vez que puede nos aconseja:

—Busca la felicidad, Alejandrito. La verdadera felicidad. No dejes que las cosas malas te afecten. No guardes rencor. No permitas que nada te aparte del camino. Fíjate que hasta la Iglesia, en el catecismo, nos dice que Dios ha puesto el anhelo de felicidad en el corazón de todo hombre, y que de allí nace la esperanza, que nos protege del desaliento y nos sostiene. Siempre mantén la esperanza de ser feliz, no importa lo que pase, *mijo* querido.

Y es que hay abuelos geniales, Rita. Los que hablan del concierto de Woodstock como si hubiesen estado entre los casi un millón de personas que invadieron los predios de la familia Yasgur en Sullivan County aquel fin de semana de agosto de 1969. Te recitan en orden cada uno de los intérpretes que se presentaron, desde las 5:08 pm del viernes 15, cuando Richie Havens abrió el concierto, hasta que Jimi Hendrix inició la clausura a las 9:00 am del lunes 19, y tocó dieciocho canciones, finalizando con *Hey Joe*. Se apasionan comentando de Santana. De Janis Joplin. De Crosby, Stills, Nash & Young. De Blood, Sweet and Tears. De Joe Cocker. De The Who. De Joan Baez. Son abuelos que pasean los sábados por la tarde en poderosas Harley Davidson de alforjas de cuero y llevan tatuados en el hombro un círculo añil con esa como patica de pollo que es el símbolo de la paz o, si no, un águila calva. O esos otros abuelos que se desmadran por el mayo francés, por la revolución cubana, por Ho Chi Minh y Mao Tse-Tung; o por la Primavera de Praga, cuando en enero de 1968 Alexander Dubcek, recién nombrado Primer Secretario del Partido Comunista Checoeslovaco, intentó darle un nuevo aire al sistema político que oprimía a su nación desde hacía veinte años. «Un socialismo con rostro humano» que permitiera viajar al extranjero, asociarse políticamente, con libertad de expresión y prensa. Y te narran, con voz contrita, que los rusos, temerosos de que ese mal ejemplo cundiera entre los países de su esfera, los invadieron el 20 de agosto de 1968, con 600 000 soldados, 2 300 tanques y 700 aviones, para poner fin al sueño. Y los abuelos que llevan el pelo largo y fuman puros, y reparten volantes por los Derechos Humanos y la protección de la naturaleza y la Madre Tierra. O, también, los que están embelesados por los Beatles o los Rolling Stones, nunca por ambos, y tienen colecciones extraordinarias de afiches, discos, libros, fotos, películas que nunca se cansan de admirar, y te las muestran, y te enseñan y te enamoran hasta que terminas compartiendo con ellos su pasión. Y no se diga de los entusiastas fanáticos del Real Madrid, del Boca Juniors, del Inter de Milán, de los Cachorros de Chicago, de los Yankees de New York, de los Ángeles Lakers o de los Guaiqueríes de Margarita, que se saben de paporreta todos los campeonatos ganados, los mánager o entrenadores, los jugadores de cada temporada, y puedes preguntarles por hazañas de inmortales del deporte con la certeza de obtener la información correcta, con lujos de detalles, y relatada con suspenso y fervor. Mi abuela, no, Rita. Nada de eso. Ni parecido. La mía va a misa a las seis de la tarde de cada día, y habla del catecismo de la Iglesia católica. Pero es la más genial de todas. Gracias a ella, papá volvió a bañarse, a vestirse limpio, a trabajar.

—¿La suegra? ¡Qué fino, chamo!

Y cambió, Rita.

Para bien.

Nos habla. Cero críticas. Cero recriminaciones. Ningún juicio de valor. Puro apoyo. Nada nos va a faltar, asegura, él se va a ocupar de eso. Nos acaricia el pelo. Nos palmea en el hombro. Nos alienta a buscar nuestros caminos sin estar mirando el qué dirán.

—Visualicen —nos aconseja—. Ubiquen metas y visualicen. Vayan tras ellas y dejen a las fuerzas del universo actuar a su favor.

Y nos consulta de sus cosas.

De cómo podría hacer para recuperar a mamá; para ser una mejor persona con nosotros; para agradecerle a la abuela tanto cariño y ayuda…

Y poco a poco nos hemos ido haciendo amigos.

—¿Con el viejo, chamo? ¡Embuste!

También se volvió como más humilde. Aunque no sabemos, ni Carlos Andrés ni Carlos José ni yo, si más que humildad es vergüenza, por el abandono.

—¿Cómo hiciste, abuela?

—Nada, *mijo* querido. Seguir el consejo de San Francisco de Asís: «Comienza por hacer lo necesario, después haz todo lo posible, y, sin darte cuenta, terminarás haciendo lo imposible». Nunca olvides eso, Alejandrito: hacer, siempre hacer, que burro que piensa bota la carga —y se ríe alegre como si hubiese hecho una travesura.

Dentro de la adversidad y el dolor, la presencia de la abuela Raquel fue aglutinante para el reencuentro, Rita. Entre nosotros, al menos... Y, casi, para estar mejor.

¡Un colibrí! Míralo suspendido en el aire libando la flor de la cayena. Cómo se mantiene en el mismo sitio... Cómo bate las alas a esa velocidad que las hace invisibles... ¡Hasta vuelo multidireccional tiene!... Una maravilla. Verde oscuro con destellos de plata...

Y, de nuevo, el tango.

Un tipo.

El tal Antonio.

—¿Novio? ¿No te dije? Había otro. Siempre hay otro. ¡Una puta, carajo!

Y mamá recrudeció en sus demandas.

Esta vez, papá sí quiso accionar. Tenía que defendernos. Buscó un abogado. Un buen abogado.

—Se ha perdido mucho tiempo —le dijeron—. Vamos a hacer lo posible... Si desde el principio...

Y ahora lo de la cárcel... La amenaza de cárcel.

—¿Maltrato? ¿Cuál maltrato?

—Una loca. Esa muchacha... Esa hija mía... Se le zafó un tornillo, le patina el coco.

—Dinero, eso es lo que quieren... ¿Qué más?
—Una puta, carajo.

Una lagartija parda con líneas grises, así de grande, corre hacia tus pies. Te paras de un brinco. Recoges tu bolso. El reptil huye hacia la quebrada, se oye el roce con las hojas secas mientras se aleja, pero tu corazón no se calma...

Las angoletas ya no están en el apamate. Las buscas y no las ves. El zamuro ha vuelto a dar su recorrido. Hay nubes grises por el oriente. El cielo, ni tan azul...

Te apaciguas. Miras el reloj. No te sientas, prefieres permanecer un rato de pie. Ya deben de estar por llegar.

Decidir. Reunirse para decidir, para fijar posición al menos.

No sabes realmente qué cosas pueden hacer ustedes.

Carlos Andrés ha estado averiguando. Dice que habló con los abogados de papá, que la cosa no es tan fácil... El problema es la plata... Que mamá tiene todas las de ganar... Que lo de la cárcel es muy posible... Que... Y hay que concluir la universidad... Que a él le falta un semestre y tiene su empleo y puede llegar a hacer carrera... Que está pensando en casarse... Su suegro los apoya...

Carlos José habló con el papá de un amigo. Sí, la cosa es la plata. La casa. Las propiedades... Él no va a pasar trabajo... Que hay que pensar en uno mismo... Que...

Tú no has averiguado nada. Te da igual. Sólo quieres que papi esté animado, Rita. Que no se caiga de nuevo. Estás, con la abuela, pendiente de sonreírle, de auparlo, que todo va a salir bien... Él se ve dispuesto, pero uno nunca sabe... ¿Y si recae?

No tienes mucho qué discutir, Carlos Alejandro, ni qué pensar, que burro que piensa bota la carga, Rita...

El tango…
El de Les Luthiers:
«Aunque madre hay una sola…».
Las angoletas…
Ni es cielo, ni es azul…
Lástima grande…
Ahí llegan.

5. Rezo por vos

El señor Gamboa no acostumbra ir a bares después del trabajo. Menos aún con los muchachos de la oficina. Según reitera una y otra vez él es el jefe, y los muchachos son los muchachos. Hoy hace una excepción. Se trata de Martínez, y se lo requirió con particular deferencia. Romper las normas de vez en cuando ayuda a templar el carácter. También necesita apartarse un poco de sí mismo, y relajarse, si es que eso es posible.

Cierta curiosidad tiene por esta cita tan infrecuente. Martínez ha cambiado bastante, y la relación entre ellos se ha tornado más fluida. Casi de amigos, si el término cabe. Además, con la introducción de la línea de productos de Sepúlveda, ha hecho una gran labor, excediendo las expectativas más optimistas. Quizá desee pedirle un aumento o plantearle alguna necesidad. No hay almuerzos gratis, mucho menos cenas. Pero Gamboa se dice que no, que es sólo una cortesía del empleado hacia su persona. Un cumplido, sin trasfondos.

Por la tarde no fuiste a la oficina, Gamboa. Otra excepción. Día excepcional, éste. Asuntos personales. Unas diligencias, dejaste dicho. Demasiadas explicaciones. ¿Para qué? Total, eres el dueño. El jefe. Y jefe que no abusa, pierde el respeto, ¿no es así? Pero como nunca faltas… Y Alicia conoce tus pasos y rutinas…

A pesar de eso:

—¿Problemas, señor Gamboa? —Siempre tan pilas, tan avispada.

—No. Cosas pendientes —trataste de minimizar. Después, a la ofensiva—. ¿O es que no puedo? ¿Me da permiso, señora Alicia?

Ella calló. Qué iba a hacer. Pero en la cara…

Llega a la cita con casi una hora de antelación. Un poco para evitar el tránsito, y otro tanto para apaciguarse antes de que la actividad lo envuelva. Un restaurante en la zona chic, en un centro comercial de moda. Por la decoración, ostentosa y recargada, se ve que es costoso y mediocre. Todavía está vacío. Es muy temprano.

Decide sentarse en la barra y no en la mesa reservada como a lo mejor las buenas costumbres aconsejarían: le parece patético estar solo en el comedor, expuesto a la mirada indiscreta de los que llegan. Prefiere una banca en el bar, pedir un trago mientras aguarda.

Cuando joven, adolescente, iba a lugares apartados, como la orilla de un riachuelo, y se sentaba, a la sombra de cualquier árbol, a pensar, a tomar notas, leer, escuchar música. Durante el proceso de divorcio de sus padres, el hábito se le acentuó, y, con matices temporales, nunca lo ha abandonado. En aquel entonces, sentía vivir en una pesadilla ajena.

Ordena un whisky con soda y bastante hielo.
¿Debería beber?
No sabe, pero no importa.

Mientras le traen el trago, se recuesta en el mostrador de madera pulida y rebordes de bronce. Observa su figura reflejada en el espejo inmenso que recubre la pared del bar. La imagen del éxito, Gamboa. De un triunfador. Y asoma un gesto de ternura. Una mueca como de bondad y tristeza para sí.

¿Qué es el éxito, Gamboa? ¿Cómo lo mides? En los negocios es fácil. Resultados versus presupuesto. Versus el año anterior. Versus el mercado. Versus la competencia. ¿En la vida? ¿Planificado versus alcanzado?

Cuánta razón tenía ese Agustín de Tagaste que leías en la juventud, en la universidad. Encontrar la verdadera verdad nos lleva íntegra la existencia. Las dudas, de continuo, están allí. Cuando las crees resueltas, vuelven. Es decir, no has estado en lo cierto. Tagaste sí encontró la verdad. Su verdad. Y ya no dudó. Nunca más. Por lo visto, tú no has tenido esa suerte, Gamboa.

Y ¿cuál es la verdad?
Tu verdad, quiero decir.

Apenas humedece los labios con el whisky. Rehúye el primer golpe de alcohol. Ése que sacude el cuerpo y quema el paladar y la garganta. Prefiere ir de a poquitos. Preparando el terreno. Dejándolo colar.

Un personaje en una pesadilla ajena. Hubiese esperado experimentar de nuevo ese mismo sentimiento. No ha sido así. Está consciente de que es a él, y no a otro, ni siquiera a su imagen especular, a quien le ocurren las cosas. Uno es dueño de sus actos, de su entorno, y de sus consecuencias. El enemigo no está afuera. Normalmente es uno de los propios. Un traidor que se lleva por dentro.

Ahora sí abre bien la boca, y deja que el whisky y las burbujitas de la soda recorran la cavidad bucal e impregnen ese espacio. Lo traga, recordando que la primera vez, hace ya tanto tiempo, dijo que sabía a guayacol.

¿Aún lo venderán?

Era excelente para el dolor de muelas.

El éxito, Gamboa. La imagen del éxito. Buenos trajes y propiedades y una buena casa y un buen carro y una buena familia. ¿No es así?... Como el hombre que vendió al contado. El de los cuadritos aquellos que, extraordinariamente bien expuestos en las paredes, para que no pasaran desapercibidos a los clientes —y ninguno se atreviera a pedir fiado—, tenían los comercios años atrás. Un hombre fornido. Rozagante. Fumando espléndido un puro descomunal.

En esa estampa, también había un versus, Gamboa. Uno con quien comparar. Si no, cómo destacaría la opulencia del gordo. ¿Recuerdas? El hombre que vendió a crédito. Esmirriado. Triste. Transido por las deudas y la miseria. Como a punto de matarse. Y es que para evaluar cualquier cosa, hace falta un patrón. Una medida. Un elemento con qué compararse. ¿No es así, Gamboa? Y si es un proceso, un evento dinámico, adicionalmente necesitas un término, un plazo. Ventas del año versus presupuesto. Costos del trimestre versus estimado. Participación mensual versus proyecciones.

¿Y en tu vida, Gamboa? Señor Gamboa. ¿Cuál es el patrón, el contrincante, el término para medir el éxito?

Cambia, ¿no?

Hoy a las seis y media de la tarde ya no es el mismo de hoy al mediodía.

¿O sí?

Baja los ojos y mira, sobre la tabla perfectamente barnizada del mostrador, el maní salado que trajeron con el whisky. Obsequio de la casa. Asiente con una mueca de cinismo. Marketing puro. Del bueno. Servicio postventa. Valor añadido que estimula la sed y las ganas de seguir bebiendo. Son unos genios.

Genialidad antigua, Gamboa. ¿Te acuerdas? El propio Agustín de Tagaste lo usa como ejemplo para reflejar la alegría de quien encuentra lo que perdió. «Los aficionados al vino suelen comer antes algo salado para que les produzca ese ardor molesto que, al apagarlo con la bebida, causa placer». El placer de encontrar lo perdido. Un amor que se fue... Una mascota extraviada... La salud...

Bebe otro trago, ya sin miedo y sin análisis de sensaciones. Ni siquiera se mira en el espejo.

No debiste ir, Gamboa. No querías. Para qué... Acaso ¿no es de dominio público? Un hombre sano es aquel que no ha sido evaluado suficientemente. Algo tiene en alguna parte. Una uña encajada. Halitosis. Meteorismo. Una caries. Crisis de caspa...

Pero tus hijos, tus nietos, tu mujer, tus nueras... ¿Cómo decirles que no?

¡Qué carajo!

Al menos aceptaron tus condiciones.

Solo.

Un sábado.

Todo de una vez.

Campanea el vaso a medio concluir, casi listo para pedir el otro. Lo ordena desde ya. No quiere que le falte... Y no ha tocado el maní.

En la tarde fuiste por los resultados. Se te escapa una sonrisa de tolerancia. Casi una carcajada interna, realmente.

Y ahí está la vaina.

¿No se los dije?

¡Tan bien que estaba, no joda!

Una carcajada interior, fuerte y contagiosa, Gamboa. Como si hoy en la tarde el médico en el consultorio, con su estilo cruento, displicente y monocorde, en vez de explicar en detalle los hallazgos, diagnóstico, opciones de terapias y prognosis, te hubiera contado el chiste de los dos mejicanos que van por el campo, y uno tiene ganas de evacuar, y se interna en un monte, y se agacha, y lo muerde una culebra en las bolas.

El compañero sale corriendo a buscar un doctor al pueblo y lo encuentra tremendamente ocupado, y le contesta que no puede ir con él, y le explica cómo ayudar a su amigo.

—Observa dónde lo picó. Le pegas la boca y le chupas la herida hasta sacarle todo el veneno.

Regresa veloz al campo, y su amigo al verlo le pregunta inquieto:

—¿Y el doctor, manito?

—No pudo venir, está muy atareado.

—¿Y qué te dijo, compadre?

—¡Que te vas a moriiir!

La presión de una mano fuerte y afable sobre su hombro lo devuelve al aquí y ahora. Lo insta a mirar hacia el espejo:

—¡Buenas noches, jefe! Gracias por venir.

Voltea, dibujando autómata la sonrisa.

—No, hombre, Martínez; a ti por la invitación. No conocía este sitio, luce muy bien.

Se estrechan las manos, con firmeza, mirándose a los ojos, ambos con la risueña expresión del oficio.

—¿Pasamos al comedor? Vamos a estar más cómodos, ¿no cree? —Martínez, elegante, señala el camino con los brazos.

Un hombre de esmoquin los recibe en el salón y los conduce a la mesa. Otro, de chaquetilla negra, trae el nuevo whisky con soda que el señor Gamboa había pedido en la barra del bar. Martínez ordena un gin-tonic, bien servido, por favor.

—Lo noto un poco tristón, jefe. ¿Pasa algo?

—¡Qué va, Martínez! El que esté mejor que yo, que tire cohetes. Una jornada larga, sólo eso.

El protocolo recomienda iniciar la comida con conversaciones vanas, generales, ausentes de controversia o tensión: el clima, la familia, algún *hobby* interesante, países visitados; y posponer el centro del negocio para después de los dulces y los quesos, durante el café o el digestivo. Permitirles a los comensales disfrutar de la mutua compañía y del banquete, sin la presión de los aspectos crudos o estresantes del tema principal, del motivo de la cita. Martínez sabe que Gamboa, su jefe, detesta esos modales: «Directo al grano. Sin perder el tiempo. Sabemos a qué vinimos. ¿Cuál es la farsa? Hay que ser prácticos, Martínez», le ha dicho en infinidad de ocasiones.

—Me caso, jefe. Quería que usted tuviera la primicia.

A Gamboa le hubiese gustado responder con una frase diferente. Tal vez: «¿La novia no fue la primera en saberlo?» o «¿Me está pidiendo permiso para casarse?» u otra de esas pesadeces que usa para cortar temas personales. Pero, reconoce, él le había dado pie, al preguntarle, hace unos cuantos meses atrás, en el cafetín aledaño a la oficina, sobre esos asuntos. Quizá Martínez estaba completando aquel informe. Ni modo. Pero, también, hoy se siente susceptible, piadoso con el mundo, con la debilidad humana, particularmente con la debilidad propia. No quiere conflictos.

—¡Qué bueno! ¡Congratulaciones! ¿Quién es la agraciada? ¿La conozco?

«¡Búsquese una novia y échele unos buenos polvos diariamente, Martínez!», le había aconsejado en infinidad de ocasiones. Y, claro, se la buscó. Y ahora se casa... Muy bien...

Tú, Gamboa, te casaste «apurado», como decían en aquel entonces, ¿recuerdas?

En los raros momentos en que te pones nostálgico, te gusta decirle a quien quiera escucharte —tus hijos, tus nueras, algún buen amigo— que tuviste que echarle más pichón que el doctor Richard Kimble, «El Fugitivo», o que Ben Richards, «El Inmortal» —aquellos personajes eternamente perseguidos de las series de televisión que veías cuando aún papá y mamá estaban juntos y que, capítulo tras capítulo, para sobrevivir en sus perpetuas fugas, debían emplearse en labores marginales y mal pagadas—, para así poder terminar de graduarte, trabajar y atender a la nueva familia, todo al unísono.

Y lo hiciste. Fuiste exitoso, ¿verdad? Alcanzaste las metas, ¿no es cierto? A veces, de las cosas malas surgen cosas buenas, afirmaba Agustín de Tagaste; pero en ello, también decía, no hay mérito alguno, Gamboa.

Y ¿levantar la familia? Allí están los hijos. Profesionales. Casados. Independientes... Eso es éxito, ¿no crees?

¿Tuyo o de Gisela, Gamboa? ¿Tuyo o de Gisela? ¡Responde!

¿Compartido?

Pero, después, constituir una empresa propia. Hacerla rentable. Próspera. Sí es meritorio. Un éxito, ¿o no?

Claro que sí, Gamboa. Claro que sí. Pero hoy... A las ocho y cuarto de la noche... «La parábola de los talentos».

Cuando eras adolescente, y creías vivir en la pesadilla de otro, le tenías pavor a la «parábola de los talentos». ¿Recuerdas? Terrible. Era terrible. Te veías en un juicio, en el banquillo de los acusados, frente a un montón de viejos barbudos y hoscos —todos con la cara fruncida de tu padre—, inculpándote con esa mirada de ojos brotados, sanguinolentos. Y te increpaban: «¿Qué hiciste con los talentos que te di? ¿Los escondiste, Gamboa? ¿Los dilapidaste? ¿Dónde los pusiste? Contesta, contesta, contesta...».

Y hoy... A las ocho y veinte de la noche...

Durante el primero y segundo plato —cóctel de camarones y salmón en salsa de espárragos para él; *carpaccio* de lomito y pollo a la mostaza para ti, bañados por un par de nuevos gin-tonic y otro whisky con soda—, Martínez no ha cesado de hablar. La novia. Cómo la conoció. Los planes de matrimonio.

El señor Gamboa se ha perdido más de la mitad de la película. Su rostro no evidenció en ningún momento desinterés y, cada tanto, sonrió, y dijo sí con ligeros movimientos de cabeza, aprobando no sabe qué.

Ya traen el postre. Sendas cremas catalanas. La encarecida recomendación del muchacho de chaleco anaranjado que los ha atendido.

—Pero hay otro tema, señor Gamboa. Me voy del país.

Así que era esto, te dices. Ahora sí, atento, Gamboa. Con los cinco sentidos en sus palabras. Ninguna gentileza del empleado hacia el jefe. Una mala pasada. Necesidad de expiación. Sentimiento de culpa por abandonar la nave cuando se es requerido. Una noticia desagradable fuera de la oficina, en un espacio placentero.

¿Querrá negociar? ¿Un bono extra? ¿Una recomendación para el nuevo patrono? ¡Qué vaina! Y justo hoy, cuando lo que menos quieres es entrar en tira y encoges. ¡Qué verga con estos coños! ¡No joda! Parece que se las olieran. Siempre en el peor momento.

Calma.

Callar y escuchar es la estrategia correcta en estos casos, Gamboa.

—¿Y eso?

—Razones personales. Mi futura esposa necesita alejarse. Emprender una nueva vida en un nuevo ambiente. Lejos de muchas circunstancias dolorosas que la han afectado. Debo apoyarla. —Martínez hace un corto silencio, se muerde ligeramente el labio inferior y se soba la barbilla, como evaluando sus próximas frases—. Por otro lado, creo que tengo el potencial necesario para seguir mi carrera en una empresa más grande, una con mayor proyección; una transnacional, ¿me entiende? —Ladea la cabeza, esquina la boca y alza una ceja; aspira a ser modesto; luce pedante—. Y me surgió una buena oportunidad en los Estados Unidos. No quiero desperdiciarla.

—Comprendo.

—Con lo de mi novia, buscando opciones, hablé con Sepúlveda, y llegamos a un acuerdo. Debo estar allá la próxima semana.

¡Traición, Gamboa! ¡Traición! Cambia de bando. Cambia de lancha en la mitad del río. Ese coño de su madre... ¡Y mira cómo se traga el postre! ¡Una bestia! Como si la confesión lo aliviara de culpas. ¡No me jodas!

—¿Con Sepúlveda? ¡Qué bien! Es decir, mantendremos el contacto. Es muy bueno poder seguir conociendo de sus avances, de sus éxitos.

Ambición. Pura ambición. Lo de la mujer es un cuento, una excusa. Dile que es un necio. Que va camino al fracaso. Que está muy viejo para empezar en un país extraño. Que aquella empleada de Sepúlveda con la que se acostó le puede joder el matrimonio. Anda, dile. Asústalo. Hazlo dudar.

—Qué bueno que lo entienda, señor Gamboa. Cuánto me tranquiliza saber que podemos continuar siendo amigos. Una de las condiciones que me exigió el señor Sepúlveda es que no hubiera inconvenientes con usted.

¡Hijo de puta! Así que ése era el objetivo. No hay almuerzo gratis, mucho menos cenas, Gamboa. El precio era mi bendición. Mi visto bueno para que Sepúlveda pueda dormir tranquilo... ¡Qué bolas!

—Por favor, Martínez. Negocios son negocios. Cada quién debe velar por sus intereses. Ya estamos mayorcitos para tomarnos estos asuntos a modo personal. ¿Pedimos café?

Ciertamente, Gamboa. Nada personal. ¿O será egoísmo? ¿Envidia? Te muestra ese amplio y atractivo panorama que tiene por delante —un nuevo amor, un nuevo trabajo, un nuevo proyecto de vida— y tú… ¿O te preocupa que deje el negocio justo ahora cuando necesitas más tiempo para ti?

¡Qué te pasa, hombre! Baja la guardia. Para qué discutir. Todos tenemos el privilegio de buscar nuestro camino. De equivocarnos, una y otra vez, hasta encontrarlo. ¿No es así? Eso hizo Agustín de Tagaste. Y lo halló. Martínez también tiene ese derecho. En tu empresa, o en la de Sepúlveda, o en la de otro. Quizá hasta en la suya propia. ¿Por qué no? Con esa mujer que tanto bien le ha hecho, o con una próxima. Y ¿cuál es la novedad?, un empleado renuncia, ¿y? ¡Gran cosota!

—Así que en una semana nos deja. Poco tiempo, ¿no?
—Sí. En una semana. Pero estaremos en contacto. Cualquier duda sobre lo que quede pendiente… una llamada, un email… y con gusto. De lo que haya menester. —Se acoda en la mesa y te mira de soslayo—. Adicionalmente, señor Gamboa, usted siempre ha sabido aconsejarme, y quisiera, si no es mucha molestia, algunas sugerencias para esta nueva etapa que emprendo. ¿Algo en especial que deba hacer, de qué cuidarme?

¡No! Pero… ¡Qué bríos! También quiere que le dé *coaching*. Lo que falta es que me pida que le pague el pasaje. Para él, para su esposa. En primera… Habrase visto… Pero así quisieras. ¿Qué le vas a decir? «¿No sea ambicioso, Martínez? ¿No piense sólo en lo material? ¿Cultive su espíritu?». ¿Quién eres tú para dar consejos, Gamboa? O es que ahora quieres ponerte a evitarle malos pasos a la gente. ¿Problemas de consciencia, Gamboa?… No eres Agustín de Tagaste. Tú aún no tienes tu verdad. ¿Qué puedes compartir, entonces? Nada…

Martínez hace bien en irse. Así de simple. La parábola de los talentos. Tiene que intentarlo. Si no, cuando le pregunten, qué va a decir. No, no me fui. Me dio miedo. No tomé la oportunidad que me diste... Que busque su camino... Su verdad.

—¿Es usted religioso, Martínez?

Antonio sacude sorprendido la cabeza. Un signo de interrogación se le dibuja en cada pupila. Balbucea:

—Bueno, sí. Como todo el mundo. Católico. Pero estoy de vacaciones. ¿Por qué pregunta, señor Gamboa? —Sonríe con una extraña expresión de burla y curiosidad, y con una cierta tensión en el cuerpo, como si estuviera esperando una de esas respuestas tan sarcásticas a las que acostumbra su jefe.

—No. Por nada. Tonterías mías. Pidamos la cuenta. Ya es tarde. Mañana seguimos hablando en la oficina.

El encargado del estacionamiento le trae el Mercedes. Un clase E Berlina Classic gris pedernal. 6 cilindros en V. Motor de dos punto cinco litros. Volante acolchado. Tapicería negra de cuero. Equipo de sonido con nueve cornetas. Había querido un Saab, y estuvo a tiro de encargarlo a un *dealer* en España; pero aquí, en el país, nadie le hubiese dado servicio. Los BMW no le gustan desde que estuvo en Frankfurt y descubrió que es el carro de los taxistas. Un Rolls habría sido demasiado; una invitación al secuestro. El Mercedes está bien. Transmite lo que tiene que transmitir: éxito.

Cinco letras.

Vanidad de vanidades, todo es vanidad.

¿La Biblia?

No estás seguro.

Ya no tienes respuestas.

Un montón de dudas, no más.

Cómo quisieras, Gamboa, que sólo fuera un signo zodiacal o, en todo caso, un juego de palabras: «Le hemos encontrado un acuario con unos piscis bien géminis. Igualitos. Casi no se pueden diferenciar uno del otro». O mejor: «Tranquilo, señor Gamboa, está hecho todo un tauro. El capricornio que más mea, pues». Y volverle trizas el diagnóstico, a punta de argumentación, como hizo Agustín de Tagaste con la «ciencia» de adivinar a través de las estrellas. Pero qué carajo, no es así, y lo sabes, y no lo niegas, y lo aceptas. ¡Viva su realidad o cámbiela, Gamboa! ¡Búsquese una novia y échele…!

¡Te vas a moriiir!

¿Y quién no? Lo único seguro es la muerte, te decía tu mamá allá en los años de juventud cuando creías que eras un personaje viviendo en las pesadillas de otro. No hay nada firme. Nada seguro. Sólo la muerte.

El asunto es decírselo.

A tu mujer. A tus hijos. A tus nueras. A tus nietos.

Deben de estar esperándote en la casa. Todos allí, reunidos en consejo familiar. En la sala, mirando el reloj, que nunca llegas tan tarde. Ah, es cierto, tenía una cena. Claro, con Martínez. Sí, él avisó. Tensos, disimulando sus pálpitos, sus suposiciones, para no asustarse mutuamente.

¿Qué vas a hacer?

Decírselo. ¿Qué más?

Al mal paso, dale prisa.

—Papá, ¿cómo te fue?

Juan Bautista, el mayor, te recibe en el porche de la casa, y te pregunta apenas bajas del carro. Habrá salido al sentir el ruido del motor, antes de que abrieras el portón automático del garaje. Está con las manos en los bolsillos, circunspecto. De tus hijos, es el que mejor se maneja en las crisis. Tiene temple. Es un buen candidato para dirigir tu compañía. Posee formación y experiencia. Nunca ha querido trabajar contigo. Con justa razón. Negocios y afectos son un pésimo cóctel. Tras las cortinas del ventanal de la sala, disimuladamente, deben de estar asomándose, unos sobre otros, el resto de la familia: querrán estudiarte la expresión. Antes de que entres, irán corriendo a sus respectivos lugares para aparentar normalidad.

—Bien. Nada del otro mundo.

Caminas hacia él. En el trayecto, activas la alarma del auto —dos fogonazos en los faros confirman que has sido efectivo— y cierras, a control remoto, el garaje. Lo saludas palmeándolo en el hombro. Te besa en la mejilla, te da paso hacia el interior.

—Martínez se casa, y se va del país. A Miami. Con Sepúlveda. Quería, tú sabes, dejar la relación clara para evitar problemas en los negocios. ¡Como si a estas alturas del partido uno le metiera sentimientos a esas cosas! Ya te dije, nada del otro mundo. —Has hablado para que los que esperan en la sala te oigan, a conciencia de que eso no es lo que preguntan.

—Con el médico, viejito. Con el médico.

Gisela, tu esposa, ha venido a abrazarte y darte el beso de bienvenida. Habló con ese tono de tolerancia que usa cuando te vas por la tangente. Una reprimenda sutil. Tiene ese aroma que tanto te gusta. Shalimar de Guerlain.

Lleva el collar de perlas que le regalaste en el último aniversario. De las joyas, las perlas son las que mejor le lucen. No importa la hora ni la actividad del día, Gisela siempre huele bien, siempre está puesta.

Tomados por la cintura, van hacia el recibo donde se agrupan, simulando calma, tus otros hijos —Esteban y Santiago— y tus nueras —Rebeca, Victoria, Judith—. Menos mal que tuvieron la inteligencia o delicadeza de no traer a los chicos. Un poco menos de emoción. Frente a esas nueve caritas traviesas, te hubieras podido quebrar.

—Ah, eso…

—Sí, *eso*, señor Gamboa —dice Judith, la esposa de Santiago, impaciente. Ella es, a cabalidad, la más cariñosa de las tres. Vive prácticamente en tu casa. Viene todos los días, y lleva una relación muy cercana con Gisela. Las otras dos son buenas y lindas y simpáticas, pero el trato es un poco más distante. Le haces un guiño, disculpando la imprudencia.

Sin soltar a Gisela, das una ronda de besos y abrazos antes de contestar:

—Bueno, fui. ¿Quién me sirve un whisky?

Y vas a apoltronarte en el sitio que te han reservado. Tu butaca preferida, en el rincón más próximo a la ventana. Gisela vuelve a sentarse donde había estado esperándote, junto a Santiago, en el sofá.

—¡Coño, papá, échanos el cuento de una vez!

—Deja las malas palabras, Esteban; que están tu madre y las chicas presentes. Anda, en castigo, sírveme el whisky, y les comento.

De un sólo disparo, Gamboa. Nada de estar dando vueltas para intentar suavizar lo áspero y crudo de los acontecimientos. No hay manera de mitigar la situación, ni de quitarles la angustia, ni de evitar cualquiera de los sentimientos que ya están allí agazapados para saltar de una vez por todas apenas expeles las dos sílabas terribles que anticipan.

Pero no quieres dramatismos, ni llantos. Sin nudos en la garganta ni voz que se quiebre. No quieres hundirte. Hay que guapear. Como un hombre.

Esteban te trae el whisky y lo recibes. Aprovechas su cuerpo como mampara, y sueltas:

—Cáncer. Uno muy común. Hombre que viva lo suficiente, según el médico, lo va a tener. Casi que me llama viejo, el doctorcito ese. ¡Qué falta de respeto, caray! Ya no enseñan urbanidad en las escuelas. Muchos títulos y nada de educación. ¡Qué vergüenza! —Hablas para no dar tiempo a reacciones ni que salgan del sobresalto, con el vaso frío en la mano; apuntalándote en el brazo de la poltrona, para no conmoverte, no por la noticia, que dominas y aceptas, sino por cómo ellos la reciben con esas caras y esas lágrimas que van saliendo mudas—. Dice que la medicina y la tecnología han avanzado mucho. Que hay varias opciones de tratamiento, así que no hay de qué preocuparse. ¡Pa´lante que pa´trás espantan! ¿Mas nadie va a tomar conmigo? Sírvanse, y ofrézcanles algo a las señoras.

—¿Cuá-cuá-cuáles tratamientos, papá? —Santiago logra articular, y le toma la mano a su madre en el sofá. Es el menor, el más mimado. También es con el que mejor te identificas. Hace nada iban juntos para todas partes. Lo enseñaste a manejar, y lo hace con discreción y buen criterio. Es el padre del más reciente de tus nietos: Asdrúbal, tres añitos y te tiene de cabeza. Un pícaro de siete suelas.

Juan Bautista sí ha ido a servirse un trago. Esteban permanece de pie, congelado, al lado de su padre. Gisela intenta sonreír sosteniéndole la mano a Santiago. Judith llora silente mirando a la alfombra; tiene lágrimas en los labios. Victoria y Rebeca se miran con los ojos abiertos de par en par como preguntándose qué hacer. Tienen ganas de salir corriendo.

—Bueno, de todo como en botica. Realmente hay una variedad enorme de opciones, incluyendo no hacer nada y observar. Operaciones. Radiaciones. Hormonas. Quimioterapia. Combinaciones de ellas. Hasta hay una cosa que te siembran unas semillitas radiactivas que van liberando la dosis del isótopo de a poquitos a lo largo del tiempo. Debe de ser extraordinario. ¡Produciría eyaculaciones nucleares!

Por supuesto, nadie ríe, Gamboa. Te ven, pálidos, con miedo, inseguros.

—Y ¿qué piensas hacer? —Tras el whisky, Juan Bautista ha recuperado el habla. Sin duda, es un líder.

—Bueno, por ahora, si Martínez se va —y se va y punto—, tengo que contratar a otro director comercial. Qué más. Nadie es indispensable.

—No nos jodas, papá. Con lo que te dijo el médico, ¡carajo!

Ahora sí bajas la guardia, Gamboa. Esteban siempre sabe arrinconarte. Es el más parecido a ti, por eso la confrontación perenne, desde niño, mucho más de adolescente. Nunca dobló la cabeza. Lo respetas.

Y ya todo está dicho.

No hace falta mantener el esfuerzo.

Bebes un sorbo del whisky y respondes, recostándote en la butaca:

—Aún no sé, hijo. Tengo que pensarlo.

Quedan un buen rato en silencio. Con los ojos perdidos en los rincones, en las paredes, en el techo. Rehuyéndose las miradas.

Terminan lentamente las bebidas.

—Acá le manda el doctor Pérez-Rodríguez, señor Gamboa. —Alicia te ofrece un sobre manila con membrete impreso—. Dice que usted sabe.

—Ah, sí, gracias, Alicia. Déjamelo acá. —Le señalas la bandeja de entrada en el escritorio—. Es un currículum. Un recomendado. Después me lo vas a citar. Lunes o martes de la próxima semana. Cuando ya no esté Martínez. Yo te aviso.

Si algo te violenta, Gamboa, es seleccionar personal. Las entrevistas te dejan un sabor ingrato —ácido, amargo, repulsivo— en todo el cuerpo que regurgitas por varios días o semanas, y del cual no sabes cómo desembarazarte.

El ejercicio precisa que te inmiscuyas en la intimidad ajena, y es impresionante la falta de pudor que muchos tienen al desnudar sus historias frente a un extraño. Las primeras veces, cuando trabajaste de supervisor de ventas en aquella transnacional, te tocó oír cuentos espeluznantes de muchachos que tuvieron que abandonar los estudios a medio camino por el asesinato o el suicidio de un padre, o de una madre, o porque ya no tenían plata para mantenerse en la ciudad, y te miraban con lánguidos ojos de súplica que te perseguían por las noches, atormentándote porque no cumplían el perfil y no podías ayudarlos; o de chicos tan desubicados en tiempo y espacio que iban probando de empleo en empleo, a ver si la suerte les apuntaba su verdadero destino o vocación, y no duraban en una empresa ni dos meses, y seguían por la vida dando tumbos, construyendo una colección impresionante de vicios que ostentaban orgullosos ante la pregunta más ingenua; o de personas que tenían más de una mujer, de una familia, y debían mantenerlas a todas o a ninguna; o de muchachas acosadas por sus propios padres, o hermanos, o los mismos esposos, o antiguos jefes, y andaban rebuscándose un empleo para huir; o... ¡Qué desastre!

Y, tras eso, te venía un sentimiento de culpa, una turbación inexplicable del ánimo por haber recibido temprano lo que los demás rastreaban infructuosamente en cada rincón de la ruta: una buena pareja, una familia sana, trabajo estable, satisfactorio y productivo...

Entonces te entraba un miedo loco, y rezabas.

Realmente no era una oración. No era una súplica. Era como clamar, más bien. Un grito poderoso y exigente. Una demanda. Señor, protégeme. Señor, que mis hijos no sean así. Señor, que a mi familia no le falte nada.

Si hubieras sido supersticioso, habrías mandado a ensalmarte, o a «cerrarte», o hubieras cargado un diente de ajo en el bolsillo, o cruzado los dedos, o hecho esa señal tan fea de pintar cuernos con la mano cerrada, dejando al aire índice y meñique, con la que dicen se ahuyenta a la mala suerte.

Puro egoísmo. Nada de piedad. Bien lo sabes.

Sí, definitivamente no era un rezo. Sólo una exclamación para espantar al miedo de que te pasara algo así, a ti o a los tuyos. Algo como lo que le ocurría a esa gente que nunca sería exitosa, ¿verdad? Gente destinada al fracaso.

Sin metas. Que no visualizaban. Que... no eran como tú, y podían contagiarte.

Hoy sí podrías rezar, como lo hacías cuando niño y te preparabas para la primera Comunión, pero te da vergüenza. No rezar en sí. Vergüenza con Dios, no vaya a creer que lo estás manipulando, intentando manipular, más bien... Ah, ahora sí, ¿no, Gamboa? Te acuerdas de Santa Bárbara cuando truena... Antes, no. Y vienes a pedir cacao. Mira, por aquí se va pa' Cuba, te diría Dios, y te mostraría, con toda la razón, un dedo medio, erecto, surgiendo de su puño omnipotente, apuntando al Norte.

Cómo vas a rezar, Gamboa, ¡ni de vainas! Hay que ser coherente con los actos, asumir las consecuencias...

Por Agustín de Tagaste, rezaba su madre, Mónica, y Dios la escuchó.

Y... ¿por ti?

¿Quién puede rezar por ti, Gamboa?

¡Qué carajo!

Por eso te ha sido tan fácil delegar esa tarea. Te quitaste un peso de encima. Una molestia. Por eso confías en el Departamento de Recursos Humanos y su metodología técnica y sistemática —entrevistas, test y no sé cuántas cosas más— para escoger a los mejores candidatos y verificar sus credenciales. Verificar, siempre verificar. ¡Tanta gente miente con estas cosas!

Pero, para un cargo como el de Martínez, no tienes otro remedio que involucrarte. Reporte directo. Brazo ejecutor. Puesto delicado. Mucha responsabilidad. Y, bueno...

En otras ocasiones, para casos similares, has recurrido a los *Head Hunters*. Conocen bien el perfil y las competencias que buscas, y hacen un barrido minucioso por empresas similares buscando potenciales prospectos que se puedan adaptar a la tuya y, particularmente, a tu forma de ser. Te presentan una terna, y seleccionas. Claro, siempre hay posibles equivocaciones, fallas. Ningún proceso es perfecto y menos si hay personas de por medio...

Prefieres las recomendaciones. De amigos. De colegas. Es como ir sobre seguro. Gente probada. Como uno. Con una vida sin grandes dramas ni... Orientados al éxito personal y profesional.

El éxito, Gamboa.

Otra vez esa palabra.

¿Cómo medirla?

Varía, ¿no?

Con el tiempo, digo.

Con las circunstancias.

—Una historia truculenta. De radionovela. De aquellas radionovelas que escuchaban nuestras madres en la cocina —te dijo el doctor Pérez-Rodríguez cuando fuiste esta mañana a su bufete para arreglar las cosas, para que, si pasa lo peor, Gisela y los muchachos no tengan que estar lidiando con el fisco, los bancos, o con... La sarta de trámites tan desagradables con los que hay que lidiar en los malos momentos. —Pero es un tipo brillante. Con una carrera profesional extraordinaria, de avances y logros. Está necesitando el trabajo con desesperación y, estoy seguro, te sería muy útil, Gamboa.

En otra ocasión, ni lo evaluarías.

Pero es el doctor Pérez-Rodríguez quien te lo recomienda. Tu abogado. Te conoce bien. Sabe cómo es tu empresa. Te ha sacado de tantos atolladeros. No te echaría una lavativa, él mismo tendría que sacarte de ella...

Y estás tan sensible, Gamboa. ¿Necesidad de hacer buenas obras, no vaya a ser...? Me viste desnudo, y no me vestiste... Me viste en la cárcel, y no me visitaste... Estaba enfermo, y no me auxiliaste... ¿Era así, Gamboa?

¿Cómo eludir este trance?

—La mujer lo jodió. Tú sabes cómo son las mujeres. Unas diablas. Y ésta, ni te cuento. Una arpía. Lo abandonó. Le metió el divorcio. Lo acusó de agresión para que lo pusieran preso. Lo acaba de dejar en la ruina, y se está yendo para el carajo con otro. No le quitó los hijos porque ya están grandes. No pude hacer gran cosa. De vaina logré que lo soltaran. Échale una mano. Vas a ver que no te vas a arrepentir.

Adalberto Schultz, tu buena obra del año, Gamboa.

Tiene que ser un gran tipo.

Con ese nombre, tan cómico como el tuyo, tiene que ser un gran tipo.

Los padres no saben la broma que nos echan...

«Por tanto, todos conocen la felicidad; y si se preguntase a todos si desean ser felices, todos responderían sin vacilar que sí. Y esto no podría ser si la felicidad no estuviera ya en la memoria». Repasa el párrafo, y reclina la cabeza en el espaldar de la butaca. Cierra los ojos. Nadie puede desear lo que no conoce, y si deseamos ser felices, alguna vez lo fuimos... Interesante.

—¿Qué lees, viejo?

Como cada noche, Gisela entra al estar íntimo con el vaso de agua y las pastillas para la tensión y la glucemia. Las coloca en la mesa del centro, junto al florero de porcelana, y permanece de pie. Su pregunta es gentil, dulce, sin invadir tu privacidad. No abres los ojos, con sólo oírla sabes que está hermosa y bien arreglada, con la blusa blanca y el collar de perlas que usó durante la cena, y contestas con voz tenue, restándole importancia a la respuesta:

—*Las confesiones*. Agustín de Tagaste.

—¡San Agustín! ¿Y esa maravilla?

—No sé. Vainas mías para después reírme. —Ahora sí abres los párpados y la ves un instante: tiene la cabeza ligeramente ladeada y un gesto incrédulo, pero simpático, esquinándole la boca; y le sonríes. Cambias de inmediato la vista al libro para continuar diciendo—: La verdad, me he acordado mucho, en estos días, de la época en que lo leí en la universidad. Del proceso de conversión de este hombre, y de todo por lo que pasó. Tuve curiosidad por saber si era tan bueno como lo recordaba.

—Y ¿qué tal?

—Mejor. —Un cierto rubor te calienta el rostro, y dudas si continuar contando lo que has pensado—. Es como confrontarse con la vida a través de un espejo. Con lo falso por lo que uno se desvive: la presión social, la vanidad, el éxito profesional, ¡qué sé yo! Uno sigue el relato, y al final concluye: «Si con esa vida que llevó, Agustín pudo ser santo, todos estamos llamados a la santidad». ¿No crees?

Gisela te observa. Presientes cómo fija en ti esos iris oceánicos en los que te ahogaste alegre en aquellos tiempos, lejanos ya, cuando creías vivir en una pesadilla. Así estés oculto en el libro, lo sabes. Su mirada te imanta con la fuerza de esas corrientes submarinas que posee, y que te mantiene profundamente sumergido, y de donde no has querido ni quieres salir. Por eso, y mucho más,

Gamboa, nunca le faltaste. No, no te buscaste una novia y le... Que ninguna igualaría jamás ese embrujo marino que te cautivó, y te subyuga, y al que te sometes plácido y contento.

—No tienes idea, gordito, de cuánto he rezado para que te interesaran estas cosas. Siempre ha sido tan difícil para mí verte encerrado en tu trabajo, para sacarnos adelante, que no sabía cómo decirte: detente, reflexiona, hay algo más que una casa más grande, que un buen negocio; sin que te sintieras juzgado por mí. No sabes cuánto he rezado...

—¡No dejes de hacerlo!

Lo dices cada vez más arrebolado, evadiendo su figura, con el nudo en la garganta, con la voz que se te quiebra. Te incomoda. No te gusta que te vean débil. Ni siquiera ella, que te ha presenciado de todas las formas en las que se puede estar desnudo ante alguien, por fuera y por dentro.

—¡Claro que no, mi vida! Y menos ahora que estoy viendo los frutos.

Qué mal te sientes, Gamboa. Apenado. Frágil. Desprotegido.

—No te burles, Giselita. —Lo dices a sabiendas de que no es así, ella sería incapaz de esa indignidad, pero es la única frase que te viene a los labios.

—Para nada, viejito.

Su voz es un vahaje de cariño. Te ayuda a superar el pudor; y comprendes que ya es hora de hablar, Gamboa. Has demorado, en exceso, la conversación —¿cobardía?, ¿vergüenza?— y ella ha tenido el aguante y la prudencia de respetar tu ritmo. Debe de estar corroída por dentro, manteniéndose natural ante ti, y refrenando la angustia diaria de los hijos — ¿qué decidió? ¿Qué te ha dicho?—. No te atreves a mirarla. A enfrentar ese piélago profundo que son sus ojos.

—La verdad, Giselita; tengo miedo. —Ella viene y se sienta en el brazo de la butaca donde lees, y te acaricia los hombros. Su calor es un bálsamo—. No debería decírtelo para no preocuparte más, pero es así. Un pánico que me persigue por doquier.

—¿A la operación? ¿Al tratamiento?

La escuchas desde muy lejos. Muy tenue. Como si no estuviese allí a tu lado. ¿Temes enfrentar el futuro, Gamboa? No. No es por ti el susto. Lo has analizado en demasía: en el tráfico de la ciudad —cuando vas o regresas de la oficina—, en la ducha, en los pocos ratos libres que te quedan en el trabajo. Curiosamente, no es tu propio destino el que te inquieta.

Te tiemblan las palabras:

—A dejarlos solos, mi vida. ¿Quién os va a cuidar? ¿Quién…?

Te hundes más en la butaca. Quieres reducirte y esconderte en los resquicios del asiento, debajo del cojín, sepultarte en las páginas del libro, y que nadie te encuentre y te mire, que así no eres tú.

—¿Y por qué habría de pasar?

—No sé, la mala suerte, quién sabe.

—¿Y qué piensas hacer, Eusebio Gamboa?

Tu mujer te llama por nombre completo sólo en esas ocasiones en la que quiere ser tiernamente maternal, no para regañarte, como has visto que ocurre con otras esposas, con otras parejas. Cuando está brava, ni te nombra. Dice, en frases breves, lo que piensa, con autoridad y firmeza, y punto. El resto del tiempo usa sobrenombres

—gordo, flaco, abuelo, mi ogro— o, en la más tierna intimidad, tu hipocorístico: Chebo.

—Nada, amor. ¿Qué voy a hacer? Lo que mande el médico. No hay otra.

Te atreves a mirarla, de reojo. Sonríe. Hay satisfacción y alivio en el gesto. En sus mares, sus océanos, sus playas, brilla un ascua de ingenua picardía, malicia de niña malcriada, y te quita el libro de las manos, con suavidad y firmeza. Lo abre hacia el final, a conciencia de lo que busca:

—Te quiero, Eusebio Gamboa. Todo va a estar bien. Ya verás.

Ahora se sube los lentes que le cuelgan de una cadena plateada sobre el pecho y se dispone a leer.

—Mira cómo termina tu libro: «Yo abandono en Ti, Señor, mis preocupaciones para poder vivir, y así poder admirar las maravillas de Tu Ley. Tú conoces mi ignorancia y mi debilidad: enséñame y fortaléceme».

Una vez más, piensas que Gisela es increíble. Que las mujeres son increíbles. Capaces de adelantarse muchísimo a ti, a los hombres. Cuando uno recién va, ya ellas han ido y regresado, varias veces.

En un arrebato irrefrenable, te levantas y, sin dejar que se incorpore, le das un beso en la frente. Un beso tierno y apasionado, con un candor que hacía tiempo no le trasmitías.

Te sentiste muy bien haciéndolo. Benditas seas, quisiste decirle en ese acto. Percibiste la respuesta de Gisela en el tremor de su mano cálida acariciándote las mejillas, en esos ojos tan aguamarina vidriando al verte tan cerca.

—Ya vuelvo por las pastillas —dijiste risueño, caminando hacia el cuarto de baño.

Ella quedó allí, sentada en el brazo de la butaca, esperándote con las manos sosteniendo el libro en su regazo, moviendo las piernas como si se meciera en un columpio, suspirando con sosiego de tanto en tanto.

Un aire de renovada frescura termina de aliviarle la tensión contenida de los días, al escucharte murmurar mientras, al entrar al baño, trancas la puerta tras de ti:

—La lucha sigue. Allá vamos.

Aguarda paciente, de pie ante el inodoro.

Mira en detalle la estantería de acrílico transparente donde Gisela ha dispuesto pequeñas fuentes de vidrio con caracoles y un popurrí de hojas y pétalos aromáticos.

Recorre los dibujos de la cerámica de la pared, esas sinuosidades borgoña sobre un sepia refulgente, que le dan un toque clásico y reconfortante a esta área.

Cuenta las uniones de las losas, y precisa las pequeñas imperfecciones que el tiempo ha perpetrado en ellas. No pasa por alto las junturas del techo y esos pequeños como capiteles oscuros que, con muescas y relieves, recubren el perímetro.

Se pasea por la acanalada superficie de plexiglás de las puertas corredizas de la ducha y sus marcos de aluminio ionizado en bronce, reconociendo lo pulcro de las esquinas y la ausencia de moho en los cordones de silicona que impermeabilizan los empalmes.

Repasa una a una las hendijas del albañal bruñido que se empotra en la pizarra color terracota del piso; y se hunde en las muescas de los tornillos.

Continúa circular, topando con la papelera beige de portezuela batiente, hasta pasar sin detenerse en sus propias babuchas de piel, y enfrentar de nuevo la estantería acrílica con las fuentes de caracoles y aromas.

Silba una melodía aguda, con la esperanza de que pronto las gotas o los pequeños chorros intermitentes emanen, por fin, y caigan ondulando el agua en la taza color caramelo del váter.

Quieto y resignado, con cierta alegría interior, como de paz beatífica, que, como bien se dice, a todo en esta vida, uno se acostumbra.

Made in the USA
Lexington, KY
30 January 2015